属于我的秘密

徐玲 著

南京大学出版社

徐玲

　　我相信我的小说原本就存在，只是我不知道它们躲在哪里。它们存在于世界的某个角落，安静又调皮地注视着我，在对的时间、对的情绪里，迫不及待和我相遇，而后通过我，和你们相遇。

　　这些文字带着我指尖的暖意，带着我心头的爱和祈愿，排列组合，体体面面地站在这里，只为和你相遇。爱是人间永恒的主题，我们来到这个世界，就是为了感受爱、得到爱、付出爱，在爱与被爱中，在泪水与欢笑中，生命有了暖意、诗意和深意，成长路上，我们也就遇见了最好的自己。

图书在版编目(CIP)数据

属于我的秘密 / 徐玲著. — 南京：南京大学出版
社,2016.6
(徐玲"暖暖爱"系列小说)
ISBN 978-7-305-17120-8

Ⅰ.①属… Ⅱ.①徐… Ⅲ.①短篇小说—小说
集—中国—当代 Ⅳ.①I247.7

中国版本图书馆 CIP 数据核字(2016)第 134057 号

出版发行 南京大学出版社
社　　址　南京市汉口路 22 号　　　　邮　编　210093
出 版 人　金鑫荣

丛 书 名　徐玲"暖暖爱"系列小说
书　　名　属于我的秘密
著　　者　徐　玲
责任编辑　吴盛杰　还　星　　　　编辑热线　025-83686452

照　　排　南京南琳图文制作有限公司
印　　刷　南京大众新科技印刷有限公司
开　　本　880×1230　1/32　印张 4.5　字数 97 千
版　　次　2016 年 6 月第 1 版　2016 年 6 月第 1 次印刷
ISBN 978-7-305-17120-8
定　　价　22.00 元

网址:http://www.njupco.com
官方微博:http://weibo.com/njupco
官方微信号:njupress
销售咨询热线:(025)83594756

目录

走夜路

我们相依为命。

　　没有风，没有亮光，只有刺骨的寒冷、黑黢黢的树影，间或几声嘶哑的狗叫，还有奶奶密匝匝的喘息和我们的棉鞋底摩擦石子路发出的"嗦嗦"声。奶奶一手挎一个帆布包，一手牵着我，走过弯弯的村子。这夜路总是那么黑那么长。走了很久，终于望见隐约的灯光，心里才慢慢温暖起来。拐入去往镇区的水泥路，周围全亮了。齐刷刷的路灯发出串串黄灼灼的光线，把我和奶奶的身影拉得很长很长……

　　菜场的门总是开得太早，无论我和奶奶几点钟到，它都已经开着了，似乎本来就没有关。鬼爷爷的早餐店就在菜场里面，大门左拐，第三家就是。只有一小间，窄窄浅浅。

鬼爷爷看见我，照例嘴巴一歪："嘿，让爷爷看看眼睛有没有睁开。"

我使劲儿把眼睛睁大，抬着下巴喊："睁开了！可以开工啦！"

奶奶呵呵笑着，麻利地挽起袖管，系上围裙，和鬼爷爷一起和面、揉面。煤炉烧得旺旺的，我把手拢在炉沿上，手心一会儿就热乎乎的了。

过会儿，菜场上逐渐热闹起来，卖水产的、卖蔬菜的商家都忙着摆货，喝早茶的老人们也都陆续走向附近的茶室。茶室里年久失修的老式录音机不知疲倦地哼唱着昨日的歌、前日的曲，咿咿呀呀、绵绵柔柔，美得奶奶跟着摇头晃脑。

我把奶奶做的油条胚子小心地放进炉子上的油锅里。"嚓——"好熟悉好悦耳的声音，我喜欢。

这个寒假，我就准备在这热闹的菜市场，在鬼爷爷小小的早餐店，在奶奶的身边度过。我能够做的，也只有这样了。从记事起我就知道，我是奶奶领养的孩子，没有她就没有我。她做什么，我也应该帮着做什么。

那是八年前的事情。

冬天，西北风吼得厉害，地上的水洼里结了冰，我蹲在菜场门口的馒头摊前，望着大盘子里热乎乎的馒头直流口水。当我脏兮兮的爪子不顾一切伸向馒头时，一只长满褶皱的手递过来一根焦黄焦黄的油条。我永远记得那根老油条，它看上去那么老那么皱，耷拉着身体，软软弱弱，我却像抓到了救命的稻草，拿过来三两口把它吃完。

这个递给我油条的好心的奶奶收留了我。于是我有了正式的名字——巫当当。奶奶说，这个名字响亮，好听，好记。

这些并不是奶奶讲给我听的，是鬼爷爷告诉我的。他是奶奶的堂弟，也是奶奶的老板。鬼爷爷还说，奶奶没有结过婚，也没有子女，孤独了一辈子。

我成了奶奶唯一的亲人，就像奶奶是我唯一的亲人一样。我们相依为命。

现在我 12 岁了。书上说，12 岁生日的那天，如果吹完 12 支彩色的蜡烛，抬头看天，天会是粉红色的。上个星期我过了生日，没有蛋糕，没有蜡烛，只有一锅热气腾腾的长寿面。奶奶在我的面碗里卧了一截火腿肠、一个荷包蛋，轻轻咬开蛋黄，浓浓的汁水流出来，染得面条一片金黄，我抬头看窗外，发现天并没有变成粉红色。吃完长寿面，奶奶跟我说："巫当当，你已经学会了做饭、洗衣服，还会炸油条，真不简单。但是你还要学会补袜子。"我咬着嘴唇不说话。因为之前奶奶总是说，在她离开这个世界之前，会把生存本事一样样教给我。我害怕学本事，不是想偷懒，而是不愿意奶奶离开。

我明白，我来这个世界不是为了享受，而是为了感受。感受痛，痛彻心扉的痛；感受爱，沉默如山的爱。

菜场里的早餐店不下五六家，鬼爷爷的早餐店开门最早，提供的品种却最简单，只有油条和鞋底饼。别家飘过来肉包子、菜馄饨、青团子、西米糕的味道，我用力吸、用力吸，很好闻啊，好想吃啊。奶奶却说，我们店里的油条和鞋底饼才是世上最香的早餐。

我站在油锅边忙碌的时候，奶奶不放心，侧身凑近了看，指点着哪根该翻身哪根该起锅，然后"嘿咻嘿咻"地喘。我连忙把她推开："奶奶离油锅远点儿，别让这油烟呛得您的支气管炎变严重。"

奶奶笑笑。

　　一直到收摊前，我们才顾得上吃早饭。鬼爷爷往鞋底饼里塞上油条，一副一副递给我们，我和奶奶就着白开水，大口大口地吃。

　　鬼爷爷总是把最大的鞋底饼和最大的油条留给我，让我吃个饱。每次吃的时候，他喜欢给我讲鬼故事。大概是因为他那么爱讲鬼故事吧，所以大伙儿都叫他鬼爷爷。鬼爷爷的鬼故事让我听了害怕，可越害怕还越想听。

　　——"薛家湾村的村口有一颗年老的银杏树，很多年前，树下埋了一只从望天山的圣过潭边走来的白羊。当年，那白羊是因为救一个落水的小孩被淹死的。后来大家都说，埋在树下的白羊灵魂并没有走，它非常思念被它救起来的孩子。于是，每当夜深人静，只要有小孩单独从老银杏树下经过，白羊就会从树下爬出来，站在小孩面前，抱住小孩的腿，使劲儿闻……"

　　——"在午夜黑色的天幕上，有一颗从不会眨眼的星星，名叫梅爪星，因为它离地球太远，人们总是瞧不见它。梅爪星上有一群绿色的小巫婆，小巫婆都幻想变成仙女。梅爪星上盛开一种橘红色的梅爪花，每一朵梅爪花的花期都非常短，只有 9 秒钟。据说，只要在一天里摘满 999 朵盛开的梅爪花，就可以让一个小巫婆变成美丽的仙女。可是，梅爪花的花期太短太短，小巫婆们根本来不及在一天之内摘到 999 多花。于是，每天深夜 12 点，小巫婆们就会撑着梅爪伞从天而降，到地球上来寻找淘气的、捣蛋的、撒谎的坏小孩，抓他们去梅爪星帮忙摘花，永远回不来……"

　　听到这里，我吓得浑身哆嗦。发誓在 18 岁成年以前，绝不单独走夜路。

　　天越来越冷。快要过年了，买菜的多了，卖菜的乐了，我们的早餐店似乎还是老样子，有生意，却不多。鬼爷爷真好，像奶奶这么大岁数的人，又有支气管炎，别家肯定不敢雇，他却一雇就是很多年。每次想到这个，我觉得鬼爷爷就像我的亲爷爷。

　　真希望鬼爷爷的早餐店一直一直开下去，开到我能够赚钱养活奶奶的那天，到时候，我一定连鬼爷爷一起赡养。

　　可是，不开心的事发生了。

　　腊月二十五的早上，鬼爷爷递给奶奶一叠钱，说："姐姐，你在我这儿一帮就是十几年，我心里感激啊。这早餐摊儿要是没有你，早就散了。哎，你老了，我也老了，咱们都该歇息歇息咯。"

　　奶奶没有伸手接钱，也没有吭声，只是垂下眼帘，默默地吸鼻子。鬼爷爷早就说过，做到年底就转让，奶奶一直以为他只是嘴上说说，没想到是真的。

　　"当当，这是奶奶的辛苦费，帮奶奶拿着。"鬼爷爷把钱递给我，"等会儿和奶奶一起去买新衣裳，再买点儿奶糖花生什么的，乐乐呵呵过个年。"

　　我鼓着腮帮子难过得想哭。不干了？那我们的生活靠什么？奶奶不能接受这个事实，我更不能接受。打从记事开始，这菜场旮旯就是我生活的全景，鬼爷爷小小的早餐店就是我生活的依靠。我不知道如果失去这一切，我和奶奶还能不能活下去。

　　"求求你了鬼爷爷，你把这早餐店继续开下去吧，我和奶奶要吃饭，我要上学，奶奶还要吃药……"我抓着鬼爷爷的手臂苦苦哀求。

鬼爷爷摇摇头,掏出钱袋子,把一个早上的收入都递给我:"当当,爷爷能做的只有这么多了。这店,爷爷真的开不下去了。"

我的鼻腔一阵发酸,眼泪下来了。

"谢谢你,本家弟弟,这么多年一直照顾我,照顾当当。我知道你有你的想法,不干就不干吧。别为我和当当担心。会有办法的,会有办法的。"

我抬起眼,望着奶奶的眼睛。她反复地说着"会有办法的"这几个字,却是满脸的无助和纠结。

我的心好痛。

腊月二十六,我还在睡梦中,奶奶把我叫醒,要我赶快穿衣裳洗脸。我手忙脚乱地找袜子,嘴里嚷嚷着是不是鬼爷爷的早餐店又开了。奶奶愣一下,一屁股坐在床沿上,咂咂嘴,密密地喘息。她回过神来,明白自己已经不需要再去早餐店了。

失去工作的奶奶变得沉默寡言,支气管炎也越发严重起来,不仅喘得厉害,而且会猛地咳嗽,连续不断地咳。我翻出家里所有的药罐子药瓶子,看着她吃这个药吃那个药,却不见好转。

"我送您去医院吧,奶奶。"我心疼地望着她瘦削的脸庞,"您病得这么厉害,要是不输液,恐怕很难好起来。"

奶奶一个劲儿摆手。我知道她心疼钱,可我也知道她有一笔积蓄,输个液再配点儿药什么的应该没什么问题。

但我没有说动她。她喝了点粥,睡过去了。

看她意志力那么强,我以为过两天病情会有所好转,谁知并不是这样。腊月廿八的晚上,奶奶病得更重了,一直喘一直喘，没有一刻停下来，脸色先是通红，后来逐渐变黄泛白……

我慌了，仿佛听到死神的脚步声正一点一点清晰，逼近我善良可怜的奶奶。从来没有哪一刻我希望自己变成超人，这一刻我倔强地背起了奶奶——我希望我就是个超人，我要把奶奶背到村里的卫生所去，要是那儿没人，我就把她背到镇上的医院去。

我刚把奶奶驮到背上，奶奶就用尽所有的力气拍打我的肩膀，说什么也不愿让我背她去医院。我不得不把她重新安顿到床上，然后去敲隔壁张大娘的门。张大娘披着棉袄出来，跟着我跑到奶奶床前。

"不行啊，喘得太厉害，得赶紧送医院。"大娘说。

奶奶无力地摇头："叫满兴……把满兴……叫来，他能治我的病……"

满兴是村卫生所的老医生，平时奶奶吃的药都是他开的。满兴家就住在前村，跟我们村隔开三里远的麦田。我去他家帮奶奶拿过药。

"那行，"大娘推我一把，"当当，我在这儿守着你奶奶，你小孩子走路快，赶紧去满兴家，把奶奶的病情告诉他，请他马上带着药箱过来一趟。"

走夜路？一个人？我杵在那儿不动。

"还不快去！"大娘喊道。

我一愣，拔腿往外跑……

没有风，没有亮光，只有刺骨的寒冷、黑黢黢的树影，间或几声嘶哑的狗叫，还有我密匝匝的喘息和"咚哒咚哒"的心跳声。我努力睁大眼睛，却什么也看不见，每走一步，都似乎撞到了一堵黑色的墙，仿佛跨进了怪兽的大嘴巴，越陷越深……

恐惧像潮水一样围拢过来，我紧张得不能呼吸，不能说话，腮帮子直哆嗦，脚仿佛踩在了云朵上。想跑快一点，却担心迎面碰到鬼身上；想走慢一点，又感觉身后有什么鬼在追……天啊，快要走到村口的老银杏树下了！诡异的白羊精，你听着，我是奶奶收养的孩子巫当当，不是你救的那个落水的孩子，你不要从树下爬出来抱住我的腿，我不要你闻我……

还有12点喜欢抓小孩的小巫婆，我跟你们说，我不是做坏事的小孩，我是奶奶的好孩子，你们别来抓我去梅爪星摘花……

多希望天忽然豁开一道口子，变得明亮起来，让一切围绕我的阴霾和鬼气统统消散，哪怕有一朵小小的烛光，萤火虫那么微弱，在我眼前摇晃一下，我也会幸福地哭出来。

奶奶，幸福地哭，我记得您这样哭过。我6岁那年，不小心被开水烫伤了脚腕，您背着我去医院包扎伤口，当时您担心我的脚腕上会留下丑陋的伤疤，然而事情并没有您想象得那么糟糕，我的伤好以后，您望着我那重又白皙光滑的脚腕幸福地哭了。记得我7岁那年吗？一个卖生姜的爷爷说是我的亲爷爷，给我一包饼干说要带我走，我稀里糊涂跟着他走了半个村子，而当我醒悟过来重新回到您的身边时，您抱着我幸福地哭了。还有我10岁那年暑假，老师让我去参加镇上的看图作文比赛，我获得了三等奖，回来后，您握着奖状幸福地哭了……

奶奶，我要给您幸福，只要我活着，就要给您幸福。那么，我一定一定不能怕黑，一定一定要把满兴医生给您请回去。

想到这些，我用力吸口气，挺了挺脊梁，抬了抬下巴，觉得自己瞬间长大了……我迈开大步，勇敢地从老银杏树下奔跑而过……

我知道,只要转过弯,进入前村,就会告别黑暗,就会有隐隐的灯光擦亮我的眼睛。这一刻,我的胸中充满幸福。

这是我第一次一个人走夜路。

……

满兴医生本事果然了得,一针下去,奶奶的病情缓和了许多。可满兴医生临走的时候说了,奶奶的病不能拖了,最好还是去医院输几天液,七十七岁的人了,经不起折腾。

奶奶不肯,说大过年的,不兴住院。

大年三十。奶奶一早就下了床,自己去自留地拔青菜,要我去菜市场买肉,说要做菜肉饺子。我很听话地握着钱走上那条熟悉的路……习惯性地进入菜场,左拐,来到鬼爷爷的早餐店门口。门关着。我走过去,在灰旧的卷帘门前蹲下,像一只小狗眷恋曾经给予它温暖呵护的狗窝一样,久久不愿离去。

隔壁店做团子的胖大婶走过来,递给我一个热乎乎的麻球:"吃吧。去看你的鬼爷爷了吗? 他怎么样啦?"

"啊?"我不明白她说什么。

胖大婶说:"你不知道啊? 你鬼爷爷的肺癌已经到了晚期,还不知道能不能熬过这个年关。这个老鬼,有病也不吭声,一直熬一直熬……"

我感觉天塌了。

……

不知道是怎么回到奶奶身边的,只知道奶奶问我要猪肉的时候,我只递给她半个冰凉的麻球。我把鬼爷爷的消息含在嘴巴里,不告诉奶奶。如果奶奶知道鬼爷爷病危,或者说生命随时终结,一定会受不了的。再说,鬼爷爷是为了我和奶奶的生计,才一直拖着不去看病,把早餐店撑到最后的。

夜幕降临的时候,周围变得热闹,不时响起的爆竹声不断地提醒我,旧年的最后一天就要过去了。明天,是崭新的开始。

隔壁张大娘端来两碗饺子,我和奶奶热热乎乎地吃了。收拾完,奶奶坐在床沿上,一边喘,一边找出针线,要我跟她学习缝补袜子。

"当当,你总是把袜子穿破,瞧瞧,一双新袜子没几天就能被你穿出洞来,大脚趾露在外边,凉快吧?奶奶教你缝补袜子,有了这本事,你该少受不少罪……"

我机械地接过袜子,捏着针线,笨笨拙拙扎下去,把自己扎得哇哇叫。奶奶一边安慰我一边鼓励我,专注地指指点点,仿佛缝补袜子是一件了不起的本事,学会了就有饭吃了。

看着她很有成就感的样子,我终究没有勇气把含在嘴巴里的消息抖出来。但是,在这除夕之夜,我想我的鬼爷爷,我要知道他是不是还好好地活着,是不是可以和我们一样感受新年的气息。

"奶奶,我出去买个东西。"

随便找了个借口,我丢下针线,丢下袜子,把自己赶入黑暗。

这是我第二次一个人走夜路。

鬼爷爷的家,就在我们隔壁的村子,我还是要走过漫长的夜路,还是要走过村口年老古怪的银杏树,还是要战胜心里的妖魔鬼怪,才能遇见光明。

这一次我不再恐惧。因为我相信,只要心里有亮光,前方路上就必定有曙光将我亲切迎候。

字如其人

初二（3）班真的易主了！

一

"情况不妙，要出大事！"

大伙儿循声抬眼，见大仙站在南窗下，左手举一把短尺，右臂 45 度朝窗外劈开，拧着脖子环视全班，一脸的兴奋。

"大仙，瞧你那傻样！又怎么啦？"有人大声嚷嚷，带着肆意的调侃。

所有的目光汇聚到大仙的尖嘴猴腮上。

大仙本名陆易先，因没事爱观天象，硬说自己有未卜先知的本事，故得名"大仙"。什么未卜先知，多数情况纯属胡编乱造妖言惑众，当然也有偶尔蒙对的时候。比如上上周他夜观星象掐指一

算,校门口的玩具店开不下去了,结果没过几天,玩具店摇身一变成了饰品店;上周他晨观初阳又掐指一算,班主任阚老师有喜了,结果没出三天,阚老师摸着肚皮宣布了好消息。

有了最近这两次的成功预言,这家伙牛得不行,走路昂首挺胸,脖子都长了一大截。这会儿见大家刷刷刷投来好奇的目光,他干脆卖关子闭上了眼……好一会儿才猛地张开,用力震动插向窗外的那条瘦胳膊,咂咂嘴说:"看见没,雾霾渐散,浮云顿开,白光乍现,这本是大吉之象,遗憾的是这光躲躲闪闪,唯唯诺诺,预示着时局动荡,哦,说得通俗一点就是我们班要……易主了。"

"搬教室?"

"切。"

"胡说八道。"

大家伙儿显然对大仙的预言感到失望,埋下头继续对付练习卷。

午自习不自觉不行啊,阚老师说了,下午第一节课上课之前必须把练习卷交上去。一般老师前面说"必须",后面会缀个"否则",阚老师的"必须"后面从来没有"否则"。大伙儿也不忍心让自己落入"否则",因为她没有明说的"否则",八成有着意料之外的惊悚。

"都不对。"大仙早已挪出座位踱到讲台前,敲着短尺煞有介事一字一顿地说,"初二(3)班要换班主任咯!"

"哦。"全体配合地点头。

"怎么'哦'得这么勉强? 不愿意相信吗? 不愿意相信的请举手,不举手的放学后我请喝奶茶!"大仙抬高了嗓门,细长脖子上青筋毕露。

听说有东西喝，男生起哄女生尖叫。

大仙学着大师的样子压压手掌示意大家安静，咽口唾沫，换了一种相对沉稳的语调说："很快，你们就会收到易主的确切消息。"说完转过脑袋虔诚地注视一下窗外的天，做惊讶状，"不得了！白光越来越稳定越来越清晰，柔中带刚，聚拢而来，哦，我们的新班主任将会在十分钟内出现！"

说得跟真的似的。

没人再理他。

就在这时，教室的木门被敲响了。

"你们看，新班主任来了！"

大仙抖抖肩膀兴奋地跑去开门。

四十多双眼睛一齐扫向门口——怪了，别说人，连只猫都没有。

大仙转身看大家，表情有些尴尬，却故作神秘倒吸一口气，指了指窗外雾蒙蒙的天空，夸张地叫起来："白光呈现异象，哦，这位新班主任的气场不得了，人未到，气先到了。快快快，都打起精神来准备迎接——"

"大仙，别疯了好不好！"钮小艺站起来嚷嚷，"13 点快到了！"

话音未落，木门被推开，班主任阚老师出现在门口。

大仙愣了半秒钟，伸长脖子朝阚老师身后张望一下，吐着舌头蹿回座位去。

"说谁是 13 点呢？"

阚老师一边跨进教室一边拉长脸环视大家。

钮小艺吓得捂住嘴巴。

同学们忍住笑。

属于我的秘密

"阚老师,钮小艺不是说您。"大仙站起来指指墙上的钟,"说它呢。"

不看不知道,一看吓一跳,再有十分钟上课铃音就要响了。

大家伙儿火速埋头继续对付试卷。

谁知阚老师拍拍手示意大家注意,以鲜有的温柔风吹杨柳似的宣布:"要当妈妈了,还真不容易。谁让我体质弱呢,医生建议在家休息一段时间,所以呢,我要暂时跟你们说再见了。"

"哇——"底下一片略带控制的惊叫。

"我知道,你们舍不得我。可是有什么办法呢? 还好,学校安排了一位新老师接替我的工作,人家可是艺术学院的高材生,刚毕业。你们可不许欺负她哦。"

"哇——"惊叫声不受控制地爆发。

初二(3)班真的易主了!

大家惊的不是换班主任这件事本身,而是大仙的未卜先知啊!

这家伙抬眼扫扫墙上的钟,眼看"十分钟"即将过去,新班主任却还不见人影,急了,直着脖子大声问:"那,阚老师,我们的新班主任在哪儿?"

阚老师扬起嘴角看门口。

几十双眼睛跟着一起扫过去。

"哦,新班主任在美术教室等你们。快去吧。"阚老师大方地抬抬手,"练习卷可以晚些交。"

二

几分钟后。美术教室。

"起码 30。"

"我猜 35。"

"我觉得有 45 了。跟她一比我老妈那叫一个水灵!"

"都别胡闹了,阚老师不是说了吗,新班主任大学刚毕业。"

"她念的是老年大学吗?"

"哇哈哈哈……"

叽里呱啦的议论声和肆无忌惮的笑声并没有把年轻的端木老师吓得如何如何。她抱着双臂站在黑板前,笑得风轻云淡,两个深深的酒窝被披散的长发遮得若隐若现,一双细长的眼睛在黝黑皮肤的衬托下,显得沧桑又神秘。

"钮小艺,你信不信,我们的好日子来了。"大仙转过脸敲后面的画桌。

"什么意思?"钮小艺来劲儿了,"新班主任看起来好欺负吗?"

大仙扬扬下巴:"不是好欺负,是很好欺负。你看她笑得,跟福利院大妈似的。"

钮小艺咧着嘴巴笑。

听到的同学都嘻嘻哈哈地附和,场面明显失控。这情况,扯着嗓子喊"安静一下"肯定没用。端木老师吁口气,摁下遥控器,大屏幕上立即出现了四个宋体字。

四十多张嘴不由自主地读道:"端木余味。"

随即便发出呵呵哈哈的笑声。

"看起来更像一道菜的名字哦!"

"端木?还拿铁呢!"

在同学们调侃的笑声里,端木老师依然保持着极有风度的微笑,并且用那双小小的眼睛温柔地环视全班,仿佛所闻并非大家的嘲笑,而是称赞。

"这是你的名字吗?也太随心所欲了!"大仙扯着脖子喊。

"嘘——成语不能乱用。"钮小艺戳他的脊背。

大仙潇洒地耸一下肩胛骨,飞快地转过脸给了钮小艺一张鬼脸。

"呵呵,你们比我想象得更可爱。"端木老师终于开口了,"谢谢你们一眼能读懂我名字的独特。"

"切——"面对直白的讨好,大家选择不屑。

显然,这位从天而降的老师想要得到初二(3)班全体同学的认可,是一件相当困难的事情。

"其实我们每一个人都很独特。"

端木老师走下来,及膝的灰色长裙将她的身体遮得严严实实,脸上的表情和她的个性、身材一样令人捉摸不透。

"阚老师告诉我,你们是一帮极富个性的精灵。哈哈,我就喜欢跟精灵打交道。很高兴做你们的新班主任,并且担任你们的语文老师……"

"哇,真的要教我们语文吗?你不是艺术学院毕业的吗?可不是中文系哦!"

"就是!"

"你学的是唱歌还是跳舞?"

"来一段吧!"

有人带了个头,噼里啪啦地响起了掌声。

端木老师拨了一下耳际的长发,抬高手腕做了运笔的动作,不慌不忙地说:"我不会唱歌也不会跳舞,我喜欢练字。"

"哎——"

是失望的叹息。在绝大多数人眼中,跟唱歌跳舞比起来,书法实在是一门无聊透顶的艺术。

端木老师接着说:"一支笔,一张纸,就能享受忘我的精神世界。下棋要两个人,打篮球要一群人。练字,是最简单却又无比幸福的事情。"

"那就写几个给我们看看吧!"

"是啊是啊!"

端木老师的小眼睛眯成一道缝:"不急。咱们还没互相认识呢。刚刚我介绍了自己,你们初步了解了我,可我还没认识你们呀!"

底下开始窃窃私语。

"难道要一个个站起来报名字,顺带跟上兴趣爱好优点缺点什么的,太庸俗了吧?"

"换个方式。"端木老师扬起下巴,"把手伸进画桌的桌肚,取出里面的纸和笔,每个人写一幅钢笔字,二三十个字就行了。"

"啊? 还得写书面的自我介绍?"同学们齐声抗议。

"我对内容没有要求。你们可以随便写,一首诗,一段歌词,或者表达一下现在的心情,都可以,只要是字就行。"端木老师说。

这也算自我介绍? 同学们傻眼了。

看大家一愣一愣的,端木老师得意地笑了:"你们只管写,平时怎么写字,现在就怎么写字,写好交上来。"

大家伙儿你看看我，我看看你，不知道这个大妈似的新老师葫芦里卖的什么药。

三

上课铃音响过两分钟，端木老师还没有出现。

"到底是代课老师，一点儿时间概念都没有。"

"很好啊！巴不得她晚点儿来呢！"

"好什么好？到时候课来不及上，准拖课。"

"会不会又在为我们准备什么？昨天每人一支钢笔，今天又会是什么？"

"做梦。"

正议论着，端木老师像个影子一样闪进教室，抬高嗓门说："对不起我迟到了。不管是什么原因，迟到了肯定要接受处罚。请大家考虑一下怎么处罚我。"

这话雷倒全班。

几秒钟后，底下提出了处罚建议。

"罚你不许拖课！一次也不许！"

"这算什么惩罚，上课本来就不应该拖课啊！"端木老师接得飞快。

"罚你三天记住我们每个人的名字！"

"我只需一天。哦，昨天下午半天，今天上午半天，加起来一天。"端木老师说。

"你不是书法家吗？罚你送我们每人一幅字！"

这下端木老师说话不利索了："书法家？哦……我，我什么时候自称书法家了？'家'可不是随随便便可以叫的哦。不过，送你们字是可以的。这个惩罚我接受，但是写字需要时间,你们得耐心等待……"

没想到端木老师还挺谦虚随和,底下的哄闹声弱下来。

"还没见过你的字,怎么知道好不好? 写两个给我们看看!"

一个声音从教室的一角劈波斩浪直奔端木老师,端木老师怔了一下,抬眼寻找说话的那位。

又是大仙。

这下周围又热闹了,有附和的,也有装模作样帮端木老师找台阶的。

端木老师甩甩头发笑得狡黠:"对我的字感兴趣,好事情啊,说明你们在乎我。悬念先留着,这节课咱们有更重要的内容。"她取出昨天大家在美术教室写的一幅幅钢笔字,出人意料地说,"昨晚研究了你们的书法作品,也就认识你们了。"

大家懵了。

什么"书法作品",也就是一些杂乱的闲言碎语,端木老师还拿去当宝了!

这个老师太奇怪!

在大家迷茫的眼神中,端木老师变得一本正经:"正所谓字如其人,你们的这一幅幅字蕴藏了许多有价值的信息,有它们在手,我很顺利地达到了初步认识和了解你们的目的。这比你们一个个站起来做自我介绍准确得多。"

同学们惊讶得张大嘴巴。

字如其人的说法当然不新鲜,但真要凭一幅字来认识和了解一个人,绝对不是一件容易的事。

这会儿大家的劲儿都鼓起来了,都想看看这位貌不惊人的新老师是不是在说大话,有没有点儿真功夫。

"我先说说最上面的这幅作品,嗯,她叫林一朵。从整幅字的构思和书写来看,她是一个温和细致、处事严谨、与世无争的女生,不过,这幅字沉寂中透着果敢,说明这个女生对于自己喜爱的事物有一股强大的倔劲儿,做事有恒心有毅力,容易取得进步。"

"哇!"全班惊呼,"说得太准了!"

端木老师的形象噌噌噌往上升。

"端木老师,说说大仙吧!"钮小艺大声提议。

端木老师愕然:"大仙? 谁是大仙?"

"陆易先!"底下齐吼,"就是站起来对你吼要你写两个看看的那位!"

"哦。"

端木老师的目光刷地刺向大仙,大仙别过脸躲闪。

端木老师低头翻找大仙的钢笔书法。

大仙转过脸朝钮小艺拱鼻头。

"嗯,找到了。"端木老师把大仙的作品拿在手上,慢条斯理地说,"这幅字很有个性,乍一看整体的感觉桀骜不驯,实际上每一个字都收敛有度,笔锋含蓄,杂而不乱,这么说,他是一个表面看起来张扬跋扈不可一世,其实做事慎重又缺乏安全感的人。他渴望被关注,总是想办法吸引大家的眼球,却又害怕被刺激被伤害,他是矛盾的集合体,活跃与沉寂并存的双重性格……"

"哇哦!"

"太准了!"

全体惊叫。

这时候的大仙早已面红耳赤,在大家注视的目光里,他抓抓头发站起来,有些口吃却神情激动地为自己辩解:"哪有?我怎么会觉得自己缺乏安全感呢?我看上去就是个安全透顶的人!还有还有,我哪有总想办法吸引大家的眼球?我是那种没事儿找事儿的人吗?有一点说对了,我是内敛有度的,而且极有内涵哦!端木老师你知道吗?我会观天象,昨天你来之前我就算准了你出现的时间……"

在大仙心急火燎的述说中,端木老师的嘴角一点点咧开,到后来干脆露出八颗牙齿大笑。

"别丢人了大仙,快坐下!"

"以后你不用叫大仙了,端木老师才是真正的大仙!"

端木老师却并不让大仙坐下,而是慢慢走到他跟前,和颜悦色道:"我还没说完呢。这幅字,你既没有写古诗,也没有写歌词,更没有涂鸦心情,你写的是一则幽默小故事,这说明你是一个特别渴望为大家制造快乐的人,这样的人,心里住着阳光。"

大仙"噗"的一声笑了。

待端木老师回到讲台,他在下面蚊子哼哼似的咬牙切齿:"端木余味,谁许你这么牛!"

大仙听惯了人家说他傻说他疯,第一次有人把"阳光"这个词送给他。

四

端木老师没说大话,两个半天下来,不仅叫出了全班的名字,还对每个人的基本个性了如指掌。通过一幅字了解一个人,实在太高明了。仅凭这一点,大家能不对这位貌不惊人的班主任刮目相看吗?

当端木老师终于愿意为大家现场展示毛笔书法时,那些潇洒到疯狂的字哟,引得大家惊叹不已。

按照字如其人的说法,同学们七嘴八舌揣度端木老师是个怎样的人。

"字写得这么大,是个大气的人!"

"落笔随意,我行我素,向往自由。"

"运笔铿锵,说明自信心庞大,甚至有些自负。"

……

瞧,名师出高徒,都学会了。

紧接着班上开始流行写毛笔字,并且完全是自发的。先是几个女生带头买了纸笔和字帖,有事没事在那儿练,而后越来越多的人加入,很快练字成了全班所有人的课余爱好。

大仙也不例外,每天中午饭盆一扔就摆开阵势挥毫泼墨,还扬言这么刻苦练下去基本上不久的将来就会成为一名书法家。

端木老师一边欣喜地看着这一切,一边热情地从旁指导。她每天写一幅字,送给一天里表现最好的同学。看大家的毛笔质量不行,她拿出了自己的工资,给每个同学买了两支毛笔。

握着端木老师买的毛笔,初二(3)班练字的劲儿更足了。大家私底下商量,端木老师大方赠送钢笔和毛笔,大家伙儿是不是也该意思意思,送个礼物给她。

事情还没来得及办,情况有了变化。

"昨日我夜观星象掐指一算,今天要出大事。"大仙卸下书包扭头对钮小艺说。

钮小艺从英语单词里艰难地昂起脑袋:"大清早的别吓

唬人。"

"别怕,兵来将挡水来土掩,是福不用躲,是祸躲不过。"大仙深沉地说。

他很少这么深沉。

"究竟什么事啊?"钮小艺急得不行,"哎呀你不就是爱打听消息所以有些事情知道得比大家早吗,这次又怎么啦?"

"什么爱打听消息?我都是观天象算出来的!"大仙鼓着腮帮子,缓缓吐一口气,翻翻眼皮说,"咱班又要易主了。"

"啊?"钮小艺大惊失色,"什么,又要换班主任?端木老师才来不久哦!"

她的嚷嚷声吸引了周围同学的注意。大家纷纷围过来,恳请大仙说具体些。

大仙把手一摊:"我就知道这么多。"完了吸吸鼻子,从桌肚里摸出纸笔,"今天不背英语了,我就练字,就练字!"

大家觉得大仙在跟谁赌气似的。

其实,班上有这么个热衷于搜罗信息,总是在第一时间发布最新消息的家伙,实在是一件很不错的事情。

放学前消息传来,大伙儿才知道这回大仙的信息又是准确的。唉,任课老师看大家把课余时间都"浪费"在练字上,便纷纷跑去校长室打小报告。

就因为这样端木老师得离开初二(3)班。

第二天上午,端木老师抱来一叠书法作品,默默地分发给大家,说是连夜赶的,如果不满意请多包涵。然后她站在讲台前说起了告别词。

一开始说得似水无痕,后来越说越动情。最后一番话尤其意味深长。

属于我的秘密

"字如其人的说法有道理,但也不是完全有道理。我之所以能通过一幅字了解你们,是因为这幅字是你们本真的表现,你们在写这幅字的时候,内心是纯真的,字如心,心如字,我也就能一下抓到你们的特质。一旦心偏离了真我的轨道,字就是字,人就是人,字与人没有半点儿关联。而那个时候,别说别人无法认识你,连你自己也认不清自己了。练字是一辈子的事,做人也是一辈子的事。其实字无所谓好坏,正如性格无所谓好坏,保持一份单纯和善良,便是字如其人,人如其字,如此简简单单,必能自在一生。"

她说完甩甩长发,背影如她的字一般潇洒。

教室里沉默了很久。

这以后,初二(3)班依然保持练字的习惯。

上善若水

"因为她就是'海阔天空'。"

安里哥哥抓着白花花的选票一本正经地强调："大家一定要选心目中最优秀的人，而且最好这个人在全校有相当的知名度，记住哦，是相当的知名度！"

"那你们选我吧。"胡壳大言不惭地伸伸脖子，"大伙儿可以深入各班走访调查一番，谁不认识我胡壳？"

也是，买菜大张旗鼓插队、为伙食问题当众跟总务主任叫板、运动会上光着肚皮来回跑、在宿舍走廊里放鞭炮、在阅览室高歌"你是我的眼……"名气不大也不行啊。

"切，知名度大就有用吗？"我站起来说，"听见没？首要条件是'优秀'。'优秀'你懂吗？"

胡壳被我一棍子击闷,吐吐舌头埋下脑袋。

我甩甩头发,碰碰同桌叶乐乐的肩膀,故伎重施:"嘿,记得选我哦。大家都会选我的。"

叶乐乐嘴巴抿一下,又咧开来:"我一定选你。"

连唯一的竞争对手都说选我,我的底气增加不少,盘算着我们班竞选学生会干部的唯一一个名额非我莫属。到时候我就参选宣传部长。那可是学生会里的忙差、乐差,大到校园网青春版块的更新维护、校电视台的节目编播,小到各班黑板报的出版、报纸杂志的订阅和分发……统统归宣传部长管。我对电视台最有兴趣,到时候我要开辟一个全新的谈话栏目并且亲自担任主持,跟杨澜似的,多带劲儿!

安里哥哥仔细地发了选票(其实是空白的小纸片),千叮咛万嘱咐:"一定要想清楚了再写哦,只能写一个名字。"

大伙儿利索地完成任务。

安里哥哥又很认真地把选票收起来,说道:"请两位同学上来和我一起统计选票。"

胡壳积极地窜上去,后面跟着曹大树。

我坐在下面激动得不行。说不紧张那是假的,虽然胜算很大,但万一失败,那是很丢面子的。想我何飞扬什么时候丢过面子? 学校的演讲比赛、歌唱比赛、舞蹈比赛我是出尽了风头,就连区里的征文比赛和朗诵比赛我都拿过奖。

"何班长",有同学朝我叫,"安里哥哥正在统计选票,我们闲着也是闲着,要不,你给我们来段斗牛舞?"

没等我开口,有人接着吼:"还是孔雀舞养眼!"

"简单点,唱个歌吧!"那边又嚷,"《日不落》!"

"我喜欢周董的《青花瓷》!"有人喊完唱起来,"天青色等烟雨，而我在等你……"

"天青色等烟雨，而我在等你……"几十号人情不自禁跟唱。

我站出来抬起手掌往下压（据观察这是电视剧里伟人控制场面的惯用姿势），示意全场安静："《青花瓷》歌词太复杂，本人哼不完整。不过，既然大家热情如此高涨，我就奉上一曲蔡依林的《日不落》，希望你们喜欢。"

"喔——耶——"男生女生一起吼。

"……我要送你日不落的想念，寄出代表爱的明信片……"我卖力地演绎这动感十足的歌，感觉浑身充满活力和幸福，胸腔里升腾起一团必胜的信念。

在如潮的掌声中，我瞥见叶乐乐坐在那儿默默地注视着我。

我起哄："下面我们有请叶乐乐表演个节目好不好？"

"好！"伙伴们配合地高呼。

叶乐乐一脸为难地站起来："我，我不会唱歌，也不会跳舞。"

"那你给我们编故事吧，讲讲你读过的书也行。"我知道她书读得特别多。

叶乐乐走出来，想了想说："我给你们背诵一段古文吧。上善若水。水善利万物而不争，处众人之所恶，故几于道……"

我坐下去看她严肃认真地背以上这段，觉得她好傻、好可爱。相比而言，我认为自己比她出色的不是一点点。除了学科成绩不相上下，其他方面她不能跟我比。她安静，我活泼；她忸怩胆怯，我开朗大方；她从来不善于为自己去争取什么，

我很明白自己想要什么,并且竭尽全力地争取。然而在我的内心深处,她一直是我最大的竞争对手。她时时含笑的眸子,她的轻柔细语,她的助人为乐,都是对我莫大的威胁。尽管我登上了班长的宝座,但我知道她的支持率并不比我低。

一个月前竞选班长的时候,她仅以一票之差败北。想起来惭愧,当时我自己选了自己,瞟见她也选了我。也就是说,如果她不选我,而是选她自己,班长就是她了。她选我,是因为之前我对她说:"你要选我哦。大家都会选我的。"

我知道只要我开口,她便不好意思拒绝。

我相信这次争夺参选学生会干部的名额,我开了同样的口,也一定能胜出!

"好一个'上善若水'!"安里哥哥在叶乐乐表演完"节目"后带头鼓掌。大伙儿跟着鼓掌。

不就是背了一下老子的几句话吗?一点儿技术含量都没有。我不由得晃脑袋。

看样子选票统计结束,结果出来了。

"叶乐乐,我一定能赢你。"我在心里为自己打气。

大家自觉地安静下来,看胡壳和曹大树神气活现地回到座位。

曹大树经过叶乐乐身边的时候对她轻声说了什么,叶乐乐便走出座位。我的目光追随叶乐乐跟着安里哥哥出教室,透过窗户看见他们站在走廊里说话。

"不会吧?"我四肢发凉,"不会的!"

等了一会儿他们进来了。我注意观察叶乐乐的表情,看不出她有半点儿胜利的激动。

安里哥哥笑容可掬地站在讲台前,手上握着一张纸,我知道那上面就是结果。

我的心剧烈地跳动，浑身血脉贲张，血液流得飞快。

"这次选举呢，竞争是公平的，程序是合理的，方法是科学的，结果是有效的……"安里哥哥站在那儿不着边际地卖关子，绕来绕去就是不宣布结果。这个帅哥实习老师，除了帅，就是啰嗦。

"安里哥哥。"胡壳忍不住提醒道，"不要让大家等到花儿都谢啦。"

"呵呵……"大伙儿笑起来。

安里哥哥终于宣布选举结果了："叶乐乐，22 票；何飞扬，23 票！"

没想到这次我们各自的票数和上次竞选班长时一模一样。

"耶！"

是谁那么大声那么激动？大伙儿朝我看，我才知道自己兴奋过了头，嘴巴还张着。

"祝贺你。"叶乐乐第一时间向我伸出热乎乎的右手。

没想到第一个祝贺我的竟是我的竞争对手。

上次我赢她，她也是第一个祝贺我。

两次加起来，我不得不佩服她的风度和涵养。换作我，做不到。

接下来的日子里，我把所有的课余时间都用在准备学生会竞选的事情上。要做的事太多了：设计制作个人简介、拍摄大头生活照、了解学生会工作职责、学习相关的团队工作方法、访问老一届学生会干部、撰写竞选演说稿，可能的话还要深入各班拉选票。

在我孤军奋战手忙脚乱不知所措的时候，叶乐乐主动提出做我的助手，帮我一起准备。这让我感到意外和高兴。

我用奇怪的眼神望她，直截了当地问："你为什么要帮我？"

她气徐声柔地说："你去参加竞选，代表的是我们班，你的成功就是我们班的成功，就是我们大家的成功。所以我希望你成功。"

我欣然接受她的帮助。

她为我在班上成立了一个智囊团，她任团长，安里哥哥做顾问，曹大树是副团长，胡壳负责搞外交（这家伙虽然调皮一点,但本质不坏,活动能力特强)。

我感觉自己像刘皇叔得到了诸葛亮、关羽和张飞似的如意和快活。我们一起商讨,一起准备,一起在细节上反复琢磨。考虑到竞选演说后有个答问程序,叶乐乐细心地为我假设了几十个最可能问到的问题,并和我一起做了模拟问答。

竞选的日子说来就来了,校园里到处"硝烟弥漫"。胡壳告诉我,我在全校同学中呼声很高,这令我信心倍增。我走上竞选讲台时,步伐轻快、目光坚定、胸有成竹。在我进行竞选演说的时候,整个礼堂鸦雀无声,而高潮之处,掌声雷动。他们不知道,我近乎完美的演说稿,是经过我的"诸葛亮"字斟句酌反复推敲形成的。一个成功的人,背后定有一个同样可以成功的人支撑着。

然而就在我洋洋得意的时候来了个晴天霹雳。三班的胖子问了一个始料未及的问题:"你在刚刚的竞选演说中提到做人要诚实守信,可你有一次去门口小店买东西,人家多找了你一块钱,你都没还给人家。请问你怎么解释这件事?"

我面颊滚烫,胸闷心慌,但想到后果的严重性,马上老练地矢口否认:"根本就没有这件事嘛。我这个人从来都是光明磊落、诚信为本的。"

"有人亲耳听到你自己说的。"胖子不依不饶,"你现在的任何狡辩都是徒劳!"

我仿佛被抽了一记耳光。

这时叶乐乐站出来说:"如果这件事真正发生过,也不能够完全否认何飞扬同学的为人和品质。人非圣贤,孰能无过?过而改之,善莫大焉。请大家给她一个机会吧。"

"何飞扬不但不讲诚信,而且肆意抵赖,这说明她根本不

思悔过。这不是品质有问题是什么?"有人站起来反驳。

人堆里议论纷纷。

我站在众目睽睽之下,被扒了衣服一样无地自容。我终于颓废地选择夺门而出,泪水已模糊了双眼。那是难过的泪水、羞怯的泪水、失败的泪水,更是愤怒的泪水。

我趴在礼堂外一处假山上放声痛哭。

"飞扬,这是个意外。"叶乐乐扶住我颤抖的肩膀。

我猛地回头,望住她,咬牙切齿地说:"没想到你是这么恶毒的人!"

我说完甩开她扭头就跑。我发誓永远不要听她叫我的名字,永远不要跟她说一句话,永远把她从我的生命里抹掉。

都怪我嘴巴直。那天我和叶乐乐一起去小店买东西,出了店门我发现店主多找给我一块钱,就忍不住告诉了叶乐乐。她当时叫我把钱还回去,我犹豫了一下说不还,因为小店的东西卖得比外面贵,太黑了,这一块钱就当是小小的补偿吧。

也就是说,只有她一个人知道这件事。她表面上热心帮我搞竞选,背地里却安排三班的胖子揭我底拆我台,她自己还在现场扮好人,实在是可恶至极!

如果不是安里哥哥的及时安慰和疏导,我恐怕无法承受这次的打击。我换了座位,一个人坐到最后。我变得沉默,变得不相信任何人,感觉生活充满欺骗和恐惧。难道不是吗?就连把"上善若水"挂在嘴边的人都有一副蛇蝎心肠,我还能相信谁? 相信什么?

每个看过和知道我笑话的同学,都在背后对我指指点点,甚至有人在校园网的留言栏里肆意攻击我、嘲讽我。我顶着巨大的压力,觉得每一天都是考验。

就在我孤独沮丧的时候，署名为"海阔天空"的信一封又一封被送到我桌上。

"贝多芬说过，卓越的人一大优点是：在不利与艰难的遭遇里百折不挠。你在我眼里就是卓越的人。"

"也许我们的翅膀很单薄，也许飞翔的过程跌跌撞撞，但只要我们怀揣梦和希望，就一定会有展翅翱翔的那一天。"

"……"

这些机器打印的字，每一个都足够体贴和温暖，催下我的泪来，鼓起我的信心来。

我不知道 TA 是谁，但我知道 TA 就在我身边。

时间是医治创伤的良药。一个月过去了，我的心里又洒进了阳光，重新回到原来的学习和生活状态。只是我不愿意再看叶乐乐一眼，更不愿意跟她说一个字。

一天午饭后，我和三班的胖子在食堂通往教室的路上不期而遇。这是我们在上次竞选后首次单独 face to face，真是冤家路窄。我仇视他，他瞪着我。

我痛快地发泄："你这个受人指使听人摆布的小人。"

"你什么意思？"胖子气得发喘，"我怎么成小人啦？我明明是仗义执言的君子！"

"叶乐乐给了你什么好处？"我纳闷。

"没有人给我好处。那天你告诉叶乐乐多找一块钱的时候，不巧我就在你们身后。"

我怔在那儿久久回不过神来。

当我终于想清楚事情的前前后后，打算去看一眼叶乐乐时，却发现她的座位空了。

"她转学了。"安里哥哥告诉我，"她的家长一直希望她转

学,早就办好了手续,只等她点头……"

我去找曹大树,请他带我一起去找叶乐乐。

"我误会了她,也伤害了她。"我坐在大巴上跟曹大树说,"我要好好地跟她道歉,请求她的原谅。"

曹大树慢条斯理地说:"你不但要向她道歉,还得感谢她。"

"为什么?"

"因为她就是'海阔天空'。"

我觉得不可思议:"我误会她、责备她、漠视她,她居然一路默默开导和鼓励我,为什么?"

"因为她善良。"曹大树说,"而且,你知道吗?那次竞选学生会干部候选人,其实你是 22 票,她是 23 票。当时安里哥哥考虑到你在学校知名度比她大,再加上她可能要转学,所以,把名额给了你。"

天哪!

……

我呆了很久才问:"那她知道吗?"

"安里哥哥说应该尊重她,所以在公布结果前就单独征求她意见了。她说没关系,只要是代表班级去参加竞选,谁去都一样。她还说你比她能干,比她更适合做学生会干部。"

我被震撼了,忽然地不想见她,因为我觉得自己连跟她说"对不起"的资格都没有。

我们下了车,穿过街道,坐上回去的大巴。我不知道什么时候能够有勇气去找她,只希望当我再次面对她的时候,可以和她一样心无城府地念叨老子的教导:"上善若水。水善利万物而不争,处众人之所恶,故几于道……"

属于我的秘密

每一次想起，都
是遇见。

一

从看到帐篷的第一眼我就认为他是帐篷了。

那天大家在分新书，他像一顶帐篷一样出现在教室门口，把我们吓得一愣一愣的。我们都扭着脖子往窗外瞅……晴空万里的，他怎么穿成这样！整个人肩膀以下被一件宽大的自行车雨衣所覆盖着，雨衣拖着地，连脚尖都没露出来，只有上端顶着的一颗瘦小脑袋让我们看清楚他不是一顶帐篷而是个人。他的前胸挂着什么大件东西，雨衣被往前撑开，所以我就想到叫他帐篷了。

好玩的是，老班把帐篷派给我做同桌。基本上整个初一，我都没有同桌，没想到新学年刚开学天上就掉下这么一位同桌。更好玩的是,帐篷不管风和日丽还是暴风骤雨,每日必穿雨衣,进了教室来到座位旁才舍得脱下,露出前胸凸凸的大书包。

那件雨衣早就褪了色,蓝得萧条,明显有些年头了。这样的雨衣被帐篷奉为至宝,无非两个原因,要么这东西有非同寻常的来历和意义,要么帐篷脑子进水了。

有一天我忍不住问他,你是不是觉得穿雨衣很帅?他闷了半天摸摸鼻尖,朝我笑,"嘿嘿,嘿嘿"。哪像初二,分明是二年级的小男生。

帐篷长得尖嘴猴腮,一副没落乞丐的可怜相,人倒还算整洁,上课专心,爱笑,话不多,十分好相处。看不出来,这家伙执行力超强。我对他说,食堂的牛扒饭总是供不应求,麻烦你跑快一点帮我抢一份,他笑笑,在第四节课下课铃音响起前,就已经把两条小细腿搁在走廊里了,铃音响起的刹那,他像一支箭一样从教室后门蹿出去……哼,就没有他抢不到的牛扒饭。

为了奖励他的杰出表现,我把整条43克的巧克力送给他,他也不推辞,憨憨笑着接过去,小心用剪刀剪开一面豁口,挤出一个尖角,轻轻咬上一小口,"嗯嗯"地说好吃。

我于是有些心酸地望着他,拍着他的肩膀不知道说什么好。

自从初一"921事件"发生后,所有的同学都对我敬而远之,更别说跟我做哥们。这下好了,我又有朋友了。虽然这个朋友是个转学生,虽然这个转学生还是个外地生,虽然这个外地生还有穿雨衣的怪癖。

帐篷不知道自己被我叫作帐篷,我只在心里这样称呼他。

有时候我会想,他要是知道我在心里叫他帐篷,还会不会对我憨憨地笑,那得有多强大的内心!

日子进展到 9 月中旬。我和帐篷已经混得很熟了。那么我是不是可以开始行动了？我知道任何完美的行动都必须有恰当的铺垫和准备,于是有计划地利用课间休息时间,把几张神秘的照片塞到帐篷眼皮底下。

帐篷哪儿看过这样的照片,当时就激动得口吃:"哇……哇哇,你……你拍的?"

"嗯。"

"是个……洞?"

"聪明。山洞。我猜它是个无底洞,一直通到江底。"

"你进去过?"

"当然。"

"里面有什么?"

"不告诉你。"

然后我把照片藏了起来。

帐篷的好奇心被我撩得亢奋不已,以至于在接下来的几天里逮住机会就求我,带他去看看那个神秘的山洞。

我窃喜,却不急着答应,卖着关子说,你胆小,会吓跑的。

他照旧憨憨地笑,"嘿嘿,嘿嘿"。

我说的是实话。那地方很古怪,胆小的人根本不敢进去。"肥头大耳"便是个例子。

二

那是去年初秋。

我想起那个山洞,突然很渴望去看一看。于是将半年没

变的签名进行了修改:某山有个洞,哪位勇士愿意跟我去探险?

结果当晚我的 QQ 火爆得不行,我激动不已,满以为一个营没有,一个连总会有吧。到时候大部队浩浩荡荡杀向那座山,多威风多气派。没想到那帮平日里总爱自封勇士的家伙听说这个山洞在山顶,是个朝天洞,便都变成了懦夫。

签名挂了一个星期,打听的人络绎不绝,最后没有一个说跟我去的。

难道这回还得一个人去?

小时候我无意中在江边的藏军山发现了那个山洞,便觉得发现了这个世界上最了不起的秘密。那一刻我确信除了我以外,没有人会发现这个山洞。在山顶一棵老桂花树纠结的根部,有一块绿皮巨石。爬上石头,拨开老桂花树密不透风的枝叶,低下头,便可以看见一圈鲜艳野花环绕下的一方黑乎乎的洞,洞口斜着朝天,直径也就一人高,借着微斜的山势往下延伸,像怪兽黑洞洞的嘴巴……

当时我就想,别看洞口不大,走进去一定别有洞天,没准是个无底洞,一直通向江底,甚至通往更为神秘的世界。

这么想着,我的心就跳得极快,像六月雷暴中的雨点,敲得我浑身兴奋和酣畅。

我确信,这个位于山顶的朝天洞隐藏得这么富有心计,肯定没人发现,除了我。

多好,在这个世界上,终于有一个秘密属于我一个人了。我于是觉得自己特别重要、特别幸福。

那年我 8 岁。

对于这个秘密,我连一同去爬山的老爸都只字未提。

我知道总有一天我会爬进去看看的,但一直缺乏勇气。我对自己说,不着急,不着急,等长大一些,胳膊和大腿强壮起来了,脑子也更机灵了,再进去也不迟。

我不进去的原因不仅仅是因为对自己的身体条件不够自信,还有一个更重要的原因是,我舍不得,舍不得去触碰它。

可是我多么担心别人也发现这个秘密。在我心里,这是我一个人的秘密。于是我每年都要去看看这个山洞,看老桂花树四季常青的枝叶是不是还把它掩饰得天衣无缝。

幸运的是,没有人动过我的这个秘密。

我守着这个秘密,就像守着一件绝世珍宝,哪怕遇到不开心的事,想起它,也会傻傻地笑。

一直到去年,我上初一了,是个标准的男子汉了,勇气和身体一起被滋养得结结实实,好奇心战胜了一切,于是决定行动。

我在 QQ 上找同盟军。

没想到他们全都是胆小鬼! 面对他们的退缩,我产生把他们全部拉入黑名单的冲动。就在我几乎绝望的时候,一个叫作"肥头大耳"的陌生人主动跟我搭讪。他说他上高一。

"江湖帅侠,我很想跟你去探探那个山洞,不过,我可以带上楔子吗? 我老弟。"

"多大?"

"10 岁。"

"太小了。会添麻烦的。"

"你多大?"

"12 岁。"

"切,不也差不多? 放心吧,楔子很善良很能干,对我们的

行动有益无害。"

"好吧。"

终于有勇士愿意跟我一起去探险了，尽管对方是"肥头大耳"，我不免担心他身形笨拙影响行动，对方还非要带上个老弟，但总算有人跟我去了，这对我来说无疑是件天大的好事。

我们约好星期六上午 8 点在藏军山的上山口集合。按照网上商量的那样，各自带上相关的探险工具。冲锋衣、防滑鞋、手电、安全帽、攀登绳、刀、矿泉水、面包、巧克力……一样都不少。

当然，为了方便联络，我们都带了手机。

　　那日老天很帮忙,秋高气爽,云淡风轻,看起来就很吉祥。但是我知道,也许这次行动比想象中危险得多,那我就回不来了。于是离家前写了张字条。

　　我写的是:"你们可以打我电话,可那地方信号不好,又没法充电,打不通也别失望。但要是到最后不仅失望而且绝望了,就再生一个吧。"

　　完了把字条压在枕头下。

　　然而我在上山口左等右等,都没有等到"肥头大耳"。我注意走过的每一个胖子,那些胖子经过我的时候因为我的注目好奇又尴尬地跟我交换一下眼神,但又都默然地走开了。时间超过了半个小时,我打"肥头大耳"的手机,正在通话中。

　　唉,人家拖着个 10 岁的跟班呢,所以就磨蹭了点嘛,耐心等吧。我坐在石阶上自我安慰。

　　这样一熬又过了半小时。受不了了。他该不会是老天派来要我的吧! 这会儿根本就舒展着四肢,窝在家里睡懒觉呢!

　　愤愤然想要再次拨打他的电话,手机闹了。

　　"江湖帅侠,你怎么还没来? 你在哪儿呢?"那头语气很不爽。

　　"什么?"我感觉脑子不够用,"我来一个多小时了! 没见你啊!"

　　"说好在上山口等,结果没等到你,我和老弟就先上山了。这会儿就快到山顶了!"

　　"啊?"

　　挂了电话感觉心跳得忽上忽下。"肥头大耳"不会是个懂隐身术的怪物吧? 不然他从我面前经过上山去,我怎么愣是没发现? 还有他老弟,也是个怪物? 或者他们是超能力者!

属于我的秘密

那不错啊,我在山洞就不怕遇到危险了。

越想越激动,我整个人热血沸腾,一口气冲向山顶。

三

"你到底什么时候带我去山洞?"

"跟你说了你会吓哭的。"

"我不爱哭。"

"哭不是爱不爱的问题。哭的时候是情不自禁的。"

"嘿嘿,嘿嘿。"

帐篷又傻笑。

我还真担心他胆小被吓哭。

但他很认真地纠缠着。

几天后的晨读课,帐篷走进教室,卸下雨衣,拉开胸前大书包的最外层拉链,取出一个陈旧的铁皮文具盒。

"敢不敢打开?"他把文具盒横放在我课桌上。然后抬起袖管抹一下鼻子,放下书包踢开凳子坐下,两只小眼睛一眨不眨望着我,有一种挑衅的兴奋。

"神秘兮兮的,搞什么?"我伸手去动桌上的文具盒。

"等一下。"帐篷抢在我前面摊开手掌盖住文具盒,一个字一个字地问,"你真的敢打开看?"

"哪来那么多废话!"我横他一眼,嘴角一扬,不屑地说,"一个破盒子,里面还能有鬼啊?"

说着抢过那个文具盒,一手托着,一手毫不犹豫地掀开盖子……

那一声惊叫把屋顶掀翻,直插云霄,撞着云层又折回来,摔得支离破碎,落得我满头满脸,于是我颤抖,我落荒而逃。

大叫的不是别人,正是我自己。

帐篷在厕所捉住我的时候,我整个人还处在惊恐之中。

"是模型。"他提着那条刚刚躺在文具盒里的黑红色小蛇的尾巴,在我面前来回晃荡,"你看你,胆子这么小。像个女生。嘿嘿,嘿嘿。"

我盯着那条晃荡的小蛇看了好一会儿,确定是假的,才拍拍心口吁口气,气急败坏道:"干吗吓唬我!你找死啊!"

"你不是说我胆小吗?我想看看你胆子有多大。"帐篷咧嘴笑。

第一次发现他的笑容可以如此狡黠。

我很生气,但还是想办法给自己找台阶捞面子:"不一样。你的雕虫小技是突然袭击,我带你去山洞是有备而往。完全不一样。"

"那我们去吧。"帐篷一脸的认真。

我想了想,点点头。哼,就该吓唬吓唬他。

决定去了,心里又纠结起来。"肥头大耳"和他楔子老弟的教训还不深刻?

话说那天冲到山顶遇见"肥头大耳",着实吓了不止一跳。他长得很帅,非但不像猪八戒,而且帅过了唐僧,当然,跟我比还是有差距的。至于他的老弟,那就更夸张了,竟然是只德国牧羊犬,高大,威风,双眼炯炯,精神抖擞完全不像一只老年狗。

我瞅着"肥头大耳"和他的"老弟",惊得张大嘴巴半天合不上,以至于"肥头大耳"在那儿抱怨自己在东面上山口等我怎么也等不来,我都懒得理会。

唉,我在南面的上山口等他,他在东面的上山口等我,那

等一辈子都见不到啊！都怪我没说清楚。

什么都不重要了。马上领着"肥头大耳"找到了那棵老桂花树。

站在树下巨大的绿皮石头跟前，我指了指枝叶繁茂处："山洞就在里面。"

"肥头大耳"一边盯着老桂花树的叶缝看，一边蹙着眉头半信半疑地问我："真的假的？看起来不像啊！"

"那你爬上石头拨开树枝去看。"我说。

他想了想，照我说的那样，爬上绿皮巨石，小心翼翼拨开面前的枝叶。我站在侧面看见了他张大的嘴巴，也像一个山洞。然后他转过脸，两只眼睛放射出强烈的光芒："江湖帅侠，这儿真的有个山洞呢，真的是个山洞！一看就是个原始洞！"

我一边忙着整理攀登绳一边应和："没骗你吧。我可从来不喜欢骗人……"

话没说完，只听"肥头大耳"吭喝一声，等我抬眼，便见牧羊犬划着优美的弧线一步跳到了绿皮巨石上。

然后，很严重的事情发生了。

大家称之为"921事件"。

从那时开始，周围所有的人都觉得我是个怪物，不跟我做朋友。老妈不停地斥责我，幸好老爸没说什么，不然我铁定离家出走。

人非圣贤孰能无过。没错，事情是因我而起，可也不能全怪我啊！

尽管如此，我依然将我的秘密山洞视若珍宝。

我总是会想起它，并且幻想里面的景况，想象它斜着身子往下接连江底的恢宏气势……甚至觉得它应该有六车道那么宽,石子路平平整整,要是上面掀掉个顶的话,可以当停机坪。

所以,我必须再去。

我和帐篷决定在星期六行动。时间比去年早一天,是 9 月 20 日。

我心里一点底都没有。我不想跟帐篷说实话,说我从来没有进入过山洞。

四

"你真的不害怕?"站在老桂花树下我问帐篷。

"不害怕。"他拱拱鼻头,"我奶奶说,这个世界很干净,没有鬼也没有怪兽,所以我们都不用害怕。"

"你奶奶说得对。"我受不了他那件旧雨衣,"可是,我们是来探险的,不是下河摸鱼,你干吗还穿这个? 一会儿进山洞,你穿这个拖拖拉拉多不方便,脱了吧。我特意带了两身冲锋衣。"

帐篷抓抓头发,顺从地点头,脱下雨衣换上我的冲锋衣。

我实在太好奇了:"这雨衣的来历不同寻常吧?"

"还是我姑姑上中学时候用的,我奶奶说没破就能穿。我奶奶还说,新衣服金贵,要懂得爱护,穿上雨衣,雨天防雨晴天防尘,衣服就不容易变旧了。"

原来是这么回事。那么他总是把书包挂胸前而不是后背,也是同样的道理了。

于是我望着他的时候更加心酸。

于是我有点后悔带他上山。

"921 事件"之所以成为一个事件,是因为"肥头大耳"的老弟,那条名叫"楔子"的老年牧羊犬跳下绿皮巨石后,就再也

没有回来。

高中生"肥头大耳"为此伤心欲绝,哭了几天几夜,还跑到我学校找我算账。

一年过去,想必"肥头大耳"已经慢慢从失去楔子的悲伤中走出来了。而我没有悲伤过,从来没有。因为我觉得,我的秘密山洞绝非一个食肉山洞,楔子跳入后一去不回,一定有原因。

楔子应该还活着,就在山洞里,乐而忘返了。

我也曾向"肥头大耳"提出进入山洞寻找楔子,他个胆小鬼死活不肯,硬说那地方有去无回。

时隔一年,我要带着帐篷一起进入山洞了,也许可以遇见楔子,顺便带它出洞,如果它愿意的话。

"你看见了吗?"我对着站在绿皮巨石上的帐篷大声又小心地问。

他双手拨开老桂花树稠密的枝叶,拱着屁股往前探身子,脑袋钻进了枝叶缝里:"哪儿有什么山洞啊? 你说的山洞在哪儿啊?"

"就在里面啊,你低下头往石头下面看……是个倾斜的朝天洞,洞口还镶着一圈细碎的野花……"我仰着脖子喊。

帐篷的尖脑袋又往叶缝里拱了拱,不一会儿退出来,扭头说了句吓死人的:"石头下面还是石头,石头那边也还是石头,好多好多石头!"

我的心跳得没了规则。一把拽下帐篷,急急忙忙爬上绿皮巨石……

有什么东西在眼前飞来飞去,圆圆的,明明很沉,却飘得轻盈。我想抓住它,可等我一伸手,它来了个急转身,幻化得弯弯扭扭,像缓慢爬行的蛇,像三心二意的路,像烟囱飘出的烟,像天空落下的被风吹折的彩虹……

睁开眼睛,发现自己躺在床上。

"醒了?烧得还挺厉害,尽说胡话。"老妈摸摸我的额头,"嗯,现在好多了。"

我含糊地应着,想起在山顶的一幕,最后的记忆是老桂花树的那边,堆满大大小小的石头。那些石头堆成了一座小山。这座山把我的心都压碎了。

"帐篷呢?"我竖起身子。

"什么?你要帐篷干什么?"老妈听不懂。

我竖起身子找手机。

"你还好吗?"

"嘿嘿,我很好。你呢?"

"还好。"我鼻子泛酸,"我的山洞没有了。它被莫名其妙的石头淹没了。"

那头憨笑两声,傻傻地说:"山洞不会没有。它虽然被石头封住了,但还是存在的。"

"可我再也见不到它了。"

"只要你心里不抛弃它,它还是你的。它在你心里,每一次想起,都是遇见。"

我感觉手心里一片火热的潮湿,而一颗躁动的心却慢慢平静下来。

告别沉默

用一句话证明你有水平？

蒋若愚说，一个人的核心竞争力，不是这个人的智商，也并非他的文化，更不是他受教育的程度，而是他的朋友圈，也就是人脉。此言一出，周围同学坐不住了。

"My God！现在的社会，连自己都靠不住，还想靠朋友？"反方说。

"正因为自己靠不住，才要靠朋友嘛！"正方说。

大伙儿一不当心摆开了辩论的阵势。

老裝抬腕看看表，连忙压压掌心示意大家安静，并且抬高下巴，以混合古典、沧桑感的浑厚男中音说道："请大家不要扯远了，我们的话题是——一句话证明你有水平。本人再三强调，欢迎各位同学踊跃发言,提出与众不同的观点,用一句话证明你有水平。只要你足够自信和勇敢,请说出你的观点!说什么并不重要,重要的是你说了!"

也就是说,老装关注的并不是某同学提出的观点是否正确,是否可以上升为至理名言,而是提出观点的人本身的态度和勇气。换句话说,老装是在忽悠大伙儿语不惊人死不休。

蒋若愚见势,小胳膊微微晃两下,扶住黑框眼镜,象征性地环视左右,得意地坐下。

"以后我就靠你了。"我小声对她咕哝,"按照你刚才的理论,你就是我的核心竞争力。"

"好说好说,互相依靠。"蒋若愚很有范儿地点一下圆下巴。

口语交际课继续进行。

米糠站起来发表高见:"平庸的人远离孤独,但他享受的只是平庸的友谊;优秀的人似乎一辈子饱受孤独的折磨,却有那么一两个志同道合的真朋友。如同真理往往掌握在少数人手中一样,高端的友谊也只眷顾少数优秀的人。"

话音刚落,全班惊倒。

几十个脑袋忙着积极调动自己所有的脑细胞迅速分析和理解米糠同学的观点。

老装双臂环抱胸前,像个老学究一样皱眉思虑片刻,胡子拉碴的嘴巴便情不自禁地形成一个扁扁的"O"形:"米糠同学的意思是,平庸的人拥有的是一大堆垃圾友谊,优秀的人才会拥有金子般的友谊?"

"没道理嘛!"立刻有同学跳出来反驳,"友谊不分高低贵贱,你能说乞丐和乞丐之间逆境中的相互扶持比八国联军的

狼狈为奸来得垃圾？"

"此言差矣！"米糠不紧不慢地反问，"难道你认为乞丐是平庸的，八国联军是优秀的？"

前面那位一时语塞。

米糠笑笑，显得更为潇洒和自信："接着刚才的话题说下去，其实乞丐和八国联军相比，前者是优秀的，后者是平庸的。你们想啊，乞丐是随随便便就能当的吗？得挺过多么巨大的磨难？得有一颗多么强大的自尊心啊！这何尝不是另外一种了不起的优秀？"

周围一片静寂。尽管大家都觉得这样的说法还是有问题的，但没有人愿意站起来辩驳什么。

老装咂一下嘴巴，再次抬腕看表，然后拍两下手掌："不争论不争论了，咱没时间争论，自个儿回去琢磨。接着来——一句话证明你有水平，如果你愿意说、敢于说，只管开口，爆出你与众不同的观点。说出来就是你的突破，说出来就是你的胜利！不需多，不需多，只需一句话。"

为了训练同学们积极思考，为了撬开同学们的嘴巴，这样不遗余力地吆喝，恐怕全校只有老装了。

蒋若愚踢一下我的耐克鞋："喂，小Ａ子，你也说说呐！"

"我？我为什么要说？"

蒋若愚嘴巴翘起来，藐视道："就知道你没这个胆。"

不理她。

整个一节课都相当热闹，很多同学怕被大家当作"没水平"，都硬着头皮站起来说话，有些说得还有几分道理，有些说得十分牵强，更多的是把古代圣人千百年前发表的名言拿出来翻译一遍，毫无新意。也有聪明的，故意跟古代圣人反着说,以证明自己有独到见解。

用一句话证明你有水平？在我看来,这堂课的效果恰恰相反,一句话暴露你没水平！简直就是祸从口出。

所以,缄默有时候更显得神秘和珍贵。

在很多场合,口若悬河的人不一定是最优秀的,而真正优秀的人,并不急于显示自己的优秀,也不需要向谁证明自己的优秀。

原以为一节口语交际课过去就过去了,谁料放学前老装把我请到办公室。

没别的事,我知道,无非是问我怎么又不发言。发言又不是发东西,不用花钱。

老装的办公室在艺术楼二楼的最东面,沿着窄窄的木质楼道左拐,经过装饰得像幼儿园教室一样花哨的音乐教室,再经过铁将军把门的"藏音阁",便听到如泣如诉的琴声。

不是 G 大调,也不是 e 小调,而是梦幻般的《秋日私语》。

推门而入,老装赤着双脚站在北窗下的瑜伽垫上,白色的紧身 T 恤将他臂膀的肌肉衬得更有张力。他倾着脖子,提弓的右手划出优雅的线条,那样专注,那样忘我,闭着眼睛陶醉在自己的世界里。

我不能打断他,也不能扭头就走,只能耐心地等待。在等待的时间里,与其心烦气躁地煎熬,不如走近他的琴声,试着去欣赏和感悟。

我听过蒋若愚用钢琴演绎《秋日私语》,也在电视里看过钢琴大师演奏它,但用小提琴独奏这首曲子,我是第一次听见。

窗外,西天的红云奢华地绽放,暗金色的霞光缠绵地流

动,夕阳明媚得正好,把独立秋风的香樟树衬得浪漫多情。我不禁闭上眼睛。于是便有了在秋天原野散步的错觉,那一方绿得令人担心会掉色的草坪,那一片懵懂盛开的野菊,那一丛被从雨帘里飞来的蝴蝶打湿的木棉花,那一群不知要去向哪儿的小鸟,都轻盈地装扮着我的梦,我跟着鸟儿捉梦去,却被秋光秋色缠绕得裹足难前……

琴声在一弯小溪口前戛然而止。

我睁开眼,看见老装正用松香擦拭琴弦,动作精细慎微,仿佛老将军在擦拭他经年的宝刀。

"你听见了?"他的声音充满磁性。

"听见了。"我摸不着头脑。这不是废话吗? 我又不是聋子。

"你听见什么了?"老装头也不抬。

我不假思索:"你的琴声。"

"我的琴声跟你说些什么?"老装突然侧过脸,斜着眼一本正经地问。

我不知道怎么接话了。

没错,我听见了,琴声吁吁绕绕,向我描绘秋日梦幻般的景色,向我诉说略带惆怅的欢愉,指引我追梦的方向……可是,我不是一个称职的翻译,也没有那么好的口才将这些表达清楚,我怕辜负了这琴声。

"小 A 子,你多大了?"老装擦完松香,终于换了个轻松的话题。

我说:"明年考高中。"完了又补充一句,"你知道的。"言下之意是你明知故问。

老装耸耸肩膀,伺候小提琴躺进盒子,然后指了指窗外的香樟树:"你知道这棵树多大了?"

我不得不仔细打量这棵香樟树。树干挺直修长,树冠绿叶层层,浓密不留缝隙,仿佛韩剧里男主角蓬松厚实的小卷发,充满朝气和力量。

这样的一棵树,要我猜年龄,难度不小。但我可以肯定的是,它的树干这样顾长,没有十年八年是长不成这个样子的。

我朝老装伸出两只手掌。

老装嘴角一歪,"呵"地笑了,抹一下我的脑袋说:"如果你去做一项调查,很快就会发现,生活在校园里,特别是校园里艺术楼附近的香樟树,要比栽种在大街上的香樟树长得快,长得漂亮多了。这棵香樟树才 5 岁。"

"啊?"我感到好奇。

"生活在校园里的香樟树,每天沐浴在琅琅的书声和哈哈的嬉闹声里,心情好,自然就长得快。楼下的这棵树额外有我琴声的滋养,长得就更好了。"老装用胳膊揽住我的肩膀,"小Ａ子你知道吗? 美好的声音可以使人、使万物产生幸福感。"

这话有道理。

早就听说经常听音乐的奶牛挤出来的奶,营养价值特别高;经常听音乐的猪,用它的肉做成的猪排特别鲜嫩;经常听音乐的玫瑰花,散发出来的香味特别迷人;甚至是青菜,在音乐声里培养出来,都会绿得特别纯粹⋯⋯这样的例子举不胜举。

但是,这和我有什么关系呢?

我不是动物,也不是植物,不需要美好声音的滋养和催发。

"如果上帝赐予香樟树能说会唱的权利,它一定不会吝啬,它会让自己、让周围的一切听到它的声音,享受它的声音。"老装又说。

谬论! 搞艺术的人有些神经质。

老装有一句没一句地又啰嗦了一会儿,看见夕阳渐渐黯淡,跌跌爬爬往楼房后面坠去,才意识到时间的流逝,便和我说告别。

这是一次主题不明确、意义不明晰、效果不明显的没头没脑的召见。我搞不懂老装在干什么,试图说服我在课堂上滔滔不绝吗? 可他只字未提。

也许他只是需要一个老实却有些天赋的听众,而我正合适。这不得不令我坚信,搞艺术的人多少有点神经质。别看老装是我们了不起的(3)班的班主任,却不过是个音乐老师,平时就担着初一几个班的音乐课,不需要批作业不需要改试卷,课余时间全部用来排练大合唱和拉小提琴,悠闲得很。别的班的班主任忙着没收手机、MP4、青春读物,忙着给家长发短信打报告,忙着把穿超短裙的女生喊到办公室谈话,忙着寻找班里男生女生交往的蛛丝马迹,老装不需要做这些。在我们的班级,到处是浩然正气,到处是踌躇满志,人人自律,个个自强不息。

于是老装有时间纠结于一些小问题。上任一个多月,他已经成功帮助蒋若愚基本克服丢三落四的毛病,帮助米糠基本消除对篮球场的畏惧,帮助张同学基本改正上厕所老是忘带手纸的习惯,帮助李同学基本制止乱花零用钱的行为……

现在,他瞄上我了。我小 A 子有缺点吗? 如果有缺点,那就不叫小 A 子了。正是因为内外兼修、德才兼备,才有了这个举世无双的雅号。A,第一也。这可是全班公认的。

没想到老装还抓着我不放了。

一个星期后，他又策划了一次口语交际课。这回主题有所变化，范围缩小为：你所不知道的事情。

老装站在讲台前激情开场："茫茫宇宙，浩瀚苍穹，我们身处在一个庞大的世界，地域辽阔，历史悠久，环境错综，人际复杂，我们的世界神秘又神奇。这样一个纷繁的世界，一定有你未知的事情，不妨拿出来说一说，不需多，只需说一点就可以了。如果你足够谦虚并且足够上进，请勇敢地提出来！"

这话说得，好像不站起来道出自己未知的事情就显得不谦虚不上进了。老装这是要忽悠大家不耻下问。真够狠的。

教室里立马举起一大片手。在中学课堂上，学生大批量举手请求发言，并且一个个把手举得剑一般锋利，双目紧紧锁住老师的面孔，唯恐一不留神丢了发言的机会，这绝对不是一个普遍现象。

老装的目光拐着弯在手丛里溜达一圈，直直地落在我脸上。

我垂下眼睛剥手指甲，气定神闲。

一秒钟过去了，三秒钟过去了。

我知道不会叫我了，正如书上说的"看到闪电后数三个数，如果雷声不来，就不会来了"一样，看到老装瞅我，数三个数，他不喊我名字，也就不会喊了。

我放心地抬起眼睛来。

"蒋若愚。"老装果然放过了我。

同桌站起来，圆圆的脸笑成一朵怒放的六月菊。

"我不知道的事情多得三天三夜都说不完，比如蚊子有没有牙齿，外星人会不会掉眼泪，沙漠里的植物是不是神仙栽种

属于我的秘密

的盆景,为什么人会做梦,为什么宋江愿意放了高太尉,为什么流苏靴看起来就是比马丁靴漂亮……"蒋若愚因为得到第一个发言的机会而激动无比,口齿伶俐,语速飞快,"如果要挑选其中的一点来说,我想知道,30 年过后的我,会是什么样子的?"

"老——太——婆!"同学们反应相当灵敏。

蒋若愚嘴巴一撇,圆圆的脑袋耷拉成一朵暴雨洗礼后的喇叭花。

"你也笑?"她坐下后拿我开刀,"不许笑!"

我刚刚咧开的嘴巴不得不紧紧闭起来。

"哦? 小 A 子!"老装马上注意到我,"你闭着嘴巴,是不是正为什么事情犯难? 快快有请,请你来说说自己所不知道的事情。"

我吓一跳。

天呐! 真的叫我了? 还是叫我了? 这么快就叫我了?

我在几十双羡慕嫉妒的目光里缓缓起立,思维飞速运转,问自己如何才能巧妙地避开这个无聊的话题而又不失小 A 子的身份?

看看周围挺拔的手臂,我灵机一动,非常大方地对老装说:"庄老师,我愿意无条件转让发言机会。"转而对大家说,"愿意接受的请起立。"

不得了,一下蹿起来二三十个人。

"我说,我说!"

"让我说,让我说!"

场面一度失控。

"别着急,都别着急,一个个来……"老装忙开了。

我没事儿人似的落座。

气氛非常活跃，一直到下课，还有很多嘴巴没轮到说。

我实在搞不懂，何必那么爱发言呢？不发言能憋死？相对于说这种表达方式，我更喜欢写。你可以布置我写一篇千字文，或者万言书，我不会皱眉头，但你要我当众说几分钟话，我觉得很没必要。

经过这次的口语交际课，老装大概对我有意见了。人家请求发言，我却把发言机会当球一样踢出去，这不是跟他对着干吗？

这不，几天后，他又把我叫了过去。

这一次召见的地点不是在他办公室，而是换到了空荡荡的音乐教室。

他请我站在钢琴旁边，要我用他的手机把他即将弹奏的曲子录下来。

这是一首欢快的澳大利亚民歌《剪羊毛》，我看着他修长的手指在黑白键上灵活地翻飞，一个个音符从他的手指尖迸发出来，突然觉得弹琴是一种有趣的游戏。

一曲罢了，老装把手机拿过去，放录音听，听着听着眉头皱起来："有两个地方没处理好，不够轻巧。"

完了重新录。

这样反复几遍后，差不多满意了，他才吁口气站起来拍拍我的肩膀："辛苦你了，小Ａ子。"

我忍不住请教："庄老师，您叫我来就是为了录音？"

我的言下之意是，这种简单的事情你自己一个人可以做，为何拉上我？浪费人力。

老装耸耸肩膀，神秘兮兮地问："你想不想看一看'藏音阁'？"

当然想啦！谁都知道艺术楼有个神秘的"藏音阁"，就在音乐教室和老装办公室的中间。可就是少有人进得去。每次都是大门紧锁，也不知道里面究竟藏了些什么宝贝。

"你的意思是，我可以进去看看？"我觉得这简直是在做梦，"真的可以？"

老装从口袋里取出一把银光闪闪的钥匙，在我面前得意地晃。

我惊喜坏了。看老装握着手机，猜想他是要把刚刚录好的曲子转存到"藏音阁"里。这么说，那里面应该有一台高配置大容量的电脑。或者还有一些音乐书、老式磁带、光盘、录音机什么的吧。说不定还会有个老掉牙的留声机。

老装用钥匙打开门，我迫不及待地走进去，才发现，里面除了刷得粉红粉红的墙壁和柔和的乳白色窗帘，什么都没有。连张椅子都没有。

我感到不可思议。

"傻了吧？"老装摸一下我的脑袋，"这个藏音阁其实就是个练声房。每天清早我都会在这儿练声，声乐组的同学也大多来这儿练声，玻璃是隔音的，外面基本上听不到。"

原来是个练声房！还美其名曰"藏音阁"，我不禁发笑。

"这个练声房除了练习唱歌发声，还有一个功能，"老装说，"就是练习说话。"

"练习说话？"我觉得好笑，"谁不会说话呀？"

"这个问题问得好。是的，只要不是哑巴，谁都会说话，但不是每个人都有自信在大庭广众之下发表自己的言论。这个，需要练习。"老装望着我，暗示他说的就是我。

我盯着脚尖沉默片刻，喃喃地说："这儿应该叫练音阁，而不是藏音阁。"

"我觉得叫藏音阁很合适啊，"老装说，"大声说大声唱，让周围的世界吸纳、珍藏你的声音，而不是让自己的观点和感受憋屈在身体里。"

顿了顿他又说："如果你需要，我愿意为你配一把钥匙，每天放学后，你可以自由出入藏音阁。"

我张大嘴巴，心里油然而生出一种被侮辱的挫败感。他把我看成什么了？不就是说话吗？不就是当众发个言吗？我又不是不会，又不是不敢，而是根本不屑！

随便找了个借口，我抽身退出藏音阁。

"小Ａ子，有本事别跑！"老装在我身后喊，"回来练习说话！"

我转过身回答他："练习完毕，明日起逐步奏效！"

哈哈，我终于明白了老装的"谬论"。既然上帝赐予我能说会道的本事，我不可以吝啬，也没必要老是沉默，而是应该让自己、让世界听到我的声音，感受我的存在。

班草浅浅

嘿嘿，我偏要治治他。

我想跟浅浅打个赌。

以下是我设计的对白。

我：浅浅，星期六上午你会去医院。

浅浅：你有病啊？

我：没有。

浅浅：别乌鸦嘴，星期六上午我要参加大合唱排练，怎么可能好端端去医院？

我：我有未卜先知的本事啊。

浅浅：就你？

我：我们可以打赌。

浅浅：赌就赌。

我：谁输谁帮夏毓婷倒一个星期垃圾。

　　浅浅:君子一言。

　　我们的对白也可能出现意外,可我相信我还是有能力掌控的。

　　　　我:浅浅,星期六上午你会去医院。
　　　　浅浅:你怎么知道?
　　　　我:(惊讶状)我是瞎说的嘛。
　　　　浅浅:我外婆动了阑尾手术,我们星期六去接她出院,为这我特地向合唱队请了假。
　　　　我:我认为你外婆星期六出不了院。
　　　　浅浅:别胡说八道!
　　　　我:敢不敢打赌?
　　　　浅浅:赌就赌。
　　　　我:谁输谁请全班女生喝奶茶。
　　　　浅浅:一言为定。

　　总之无论浅浅把话说到哪儿,我都有办法提出来跟他打赌。

　　午饭吃的是鱼香肉丝。浅浅最讨厌里面的香菇丝,他一手扶住 600 度无框眼镜,一手提起筷子,伸长脖子支出下巴,把菜里的香菇丝一根一根拣出来。每拣一根,他条件反射似的拱一下那肉嘟嘟的塌鼻头,然后迅速把香菇丝转移到我的饭碗里。

　　一开始我还能够接受,虽然每一根香菇丝都只有头发丝那么粗,我依然心存感激,毕竟这属于额外的恩赐。但是浅浅

神经病似的在鱼香肉丝里倒腾个没完,一会儿夹过来一根一会儿夹过来一根,严重影响我吃饭,我不得不抗议了。

我的抗议非常智慧。

"啊哈,这根不是香菇丝,是肉丝耶!"我忍痛从自己那盘鱼香肉丝里夹起一根细长的肉丝。这根肉丝被筷子挑在空中,呈现出优雅的弧形,末端凝滞着诱人的油滴。

浅浅急了,眼珠子从镜片后弹出来,探照灯一般射向我的肉丝,然后以迅雷不及掩耳之势伸出舌头,一口将那条肉丝卷入口中。

"所以嘛,你不要挑香菇丝啦,一不当心把肉丝挑给我,你就吃大亏咯!"我朝他耸耸肩膀。

浅浅若有所悟,纠结片刻,挺了挺胸膛正视自己的鱼香肉丝,大义凛然道:"宁可错杀一万根香菇丝,绝不放过一条肉丝!"

说完闭上眼激情扫荡……

这就是浅浅,初二(3)班杰出的班草,外表老实内心小气。

嘿嘿,我偏要治治他。

午饭后班长夏毓婷带我和浅浅去阅览室。谁让我们是苦命的图书试读员呢?学校新进了一批图书,班主任要我们遴选出最优秀的书,然后借回去放到班级图书角,供大家阅读。班主任说啦,初二了嘛,哪有那么多时间可以用来挥霍,凡事必须走捷径,看书也是,可不能把时间浪费在一些质量一般文采平平的图书上。

这让我想起我老妈的一番作为。老妈每晚为我准备的夜宵,也是为了让我走"捷径"的,杏仁剥好了,西瓜切成片,面包切成丁……弄得我一点食欲都没有。我说老妈呀,杏仁我喜

欢一边剥一边吃，西瓜我喜欢一瓤一瓤大口地啃，黄瓜我喜欢整一条拿手上咬，求你成全我！老妈说，你傻呀，我这是为你节约宝贵的时间。

　　唉，老师和老妈，谢谢你们的用心良苦。可惜这并不是我想要的学习和生活。

　　我和浅浅坐在地板上，各自把一大摞书堆放在大腿上，一本一本浏览。

　　"看仔细点啊，不要光盯着内容简介，有时候简介和内文是脱节的，要像扫描仪那样负责任，把最好的书挑出来！"夏毓婷严肃认真地叮嘱我们。

她自己呢,坐在桌子前,翻看一本很有名的外国小说。

"这些书都不错啊,"我有些不耐烦了,压低嗓门对浅浅说,"市图书馆选配的书,正统又正经,用得着咱们试读吗?闭上眼睛随便抓,都是好书。"

"是啊,没有一本令人怦然心动、心跳加速、心花怒放的。"浅浅也说。

"哎,学校白白浪费那么多钱。"我感慨道。

夏毓婷黑布林一般的大眼睛朝我们闪动两下,慢条斯理地说:"别说些不着边际的话,青春文学可不是咱们能看的,老师那关瞒得了,老爸老妈那里也不一定能瞒得了。"

呵,这个校花级人物,一人之下众人之上的班长,居然听得懂我和浅浅的对话。

伟大的夏毓婷,居然也偷偷摸摸崇拜着青春文学。

我和浅浅交换个眼神,会心而笑。

夏毓婷便不好意思起来,微红着脸埋下头继续看书。

我想起打赌的事情来。

"浅浅,星期六上午你会去医院。"我说。

浅浅吓一跳,抬眼扶住镜框:"我没有病啊!"

"可是你会去医院。"

"我们全家都没病啊!"

"你真的会去医院。"

"刘小莫,你个乌鸦嘴!"浅浅狠狠瞪我一眼,"你才去医院。我星期六上午还得参加合唱队排练。我们的节目很快就要在元旦晚会上亮相了!"

呵呵,他还以为自己在合唱队是不可或缺的人物,其实他的队友们都不喜欢他,都在背地里议论他太小气,太一本正经。要不是音乐老师因为他有几分音色留着他,大家早就轰他离队了。

所以嘛,我必须治治他。

我说:"我有未卜先知的本事,你得信我。"

"不可能。"

"那咱们打赌。"

"赌就赌,"浅浅毫不犹豫,"我肯定不会去医院。"

"赌吧赌吧,谁输谁帮夏毓婷倒垃圾。"我说"夏毓婷"和"倒垃圾"这六个关键字的时候没有发出声音,但浅浅可以通过我的口型弄明白。

"行。"他挑一下眉毛,坏坏地笑了。

他以为我输定了。他的脑海里甚至狡黠地滑过我倒垃圾的狼狈身影。这个坏蛋!

我吁了口气。瞧,谈话虽然比预设的曲折,但毕竟还在我掌控之中。

时间快进到星期六。

"刘小莫,"一大早浅浅打我手机,"你要挺住啊!"

"发生了什么事?"我有点激动,"地震还是海啸?"

"大家都知道啦,班主任昨晚住院了。"浅浅有些难过,"你上线了吗? 同学们在群里商量,打算今天上午买些水果一起去医院看望班主任……"

我强忍住笑:"那你呢?"

"我就不去了,我得参加合唱队排练。"浅浅记着我们打的赌呢,才不上当,"我下午去医院。"

"你是舍不得花钱买水果吧?"我故意刁难他,"下午班主任就转院啦!"

"啊？还得转院？这么严重？"浅浅吓坏了，"那我……可我……要不我中午去看望她？"

"算了吧你，用不着。"我说完挂了手机，然后哈哈大笑起来。

依我对浅浅的了解，我越是说"用不着"，他越是会想着去医院。

可是我在医院大门口左等右等，一直等到中午，都没有看见浅浅的影子。这棵小气的班草，真是没心没肺啊。

星期一。

浅浅见到我就问："母亲大人凤体如何？"

"吉祥着呢，等会儿就来给你上语文课。"我语气敷衍。

"谢天谢地，恢复得还真快。"浅浅拍拍我胳膊，不好意思地说，"从今天开始，我帮夏毓婷倒一星期垃圾。"

"啊？你星期六上午不是没去医院吗？"我感到费解，"咱们的那个赌，输的是我，为什么你倒垃圾？"

浅浅耸耸肩膀："我星期六上午没时间去医院看望你妈，已经很抱歉了，如果再让你倒垃圾，我会良心不安的。"

嘿，这话说得……怎么就这么悦耳动听呢？

瞧，略施小计，把我妈星期六上午去医院的消息抖搂一下，我便赢了。其实她是去体检而已。不过要说明的是，同学们送的水果我和我妈都没有收下，都叫大家当场消灭了。

天呐，浅浅主动帮着夏毓婷倒垃圾，全班男生女生都对他翘大拇指啦！最开心的是夏毓婷，居然不用碰垃圾，整个人更加神采飞扬。顺便说一下，我们班倒垃圾是一个星期一轮的，这星期正好轮到夏毓婷。

浅浅的形象在同学们心中高大起来。

但我觉得这次我胜之不武，毕竟浅浅没有上当去医院。所以我决定再和他赌一把。

走在路上，经过奶茶店的时候，看见几个女生钻进去喝奶茶，我问浅浅："喜欢喝奶茶吗？"

"无所谓，"浅浅伸长脖子往奶茶店里瞧，"有点小贵。"

"咱们班最喜欢喝奶茶的是夏毓婷。不过呢，我有预感，明天夏毓婷会朝你发脾气。"我说。

浅浅当然感到不可思议："怎么会？我帮她倒垃圾呢！"

"反正她会批评你。"我挠挠头，"大概是因为你做了过分的事情。"

浅浅脑袋一歪："我没有啊。"

"打赌吧。"

"赌就赌。"

"谁输谁请女生喝奶茶。"我一个字一个字地说，"全班女生。"

浅浅耸耸鼻头："可——以。"

这回我赢定了。

第二天上午，课间长跑刚结束，我来到夏毓婷身边。她兼任班上的图书管理员。

"有人向你借《格列佛游记》吗？"

她把借书登记册拿出来查看："没有。"

"奇怪了，那本书不见了。"我装作很惊讶，"昨天放学时候就没见着，刚刚我又去找了一下，还是没有。"

夏毓婷很冷静："没关系，可能有同学借了忘记来登记了。"

"还有这么没规矩的同学？"我夸张地嚷嚷，"借了书不登

属于我的秘密

记,会让人产生误会的。"

"误会?"夏毓婷想了想,大眼睛扑闪一下,点点头说,"你说得有道理。"

她站起来环视同学们,问道:"谁借了《格列佛游记》? 赶紧到我这边登记一下。"

没有人回应她。

"完了。找不到了。"我在一旁煽风,"被人占为己有了。"

夏毓婷提高嗓门:"同学们互相问一问,看看那本书是谁拿的,赶紧来登记。"

教室里嘈杂起来,有同桌甚至互相翻桌肚。

我于是跳回座位,主动从桌肚里拿出书包,搁到浅浅课桌上:"麻烦你查一下我的书包吧,以证明我没有拿那本书。"

"至于吗?"浅浅觉得好笑,"你刘小莫可不是那种人。"

"查一下吧。"我央求道,"这年头凭感觉下结论往往出错。"

浅浅咂咂嘴,把自己的书包拿出来交给我:"那就麻烦你也查一下我的书包。"

我毫不犹豫打开他的书包,在隔层里面,抽出一本《格列佛游记》。

浅浅惊得目瞪口呆。

"放心吧我不会张扬。"我把书放回他的书包,想起身去向夏毓婷汇报,好让她朝浅浅发脾气,那样的话我和浅浅打的赌,便是我赢了。

谁知浅浅一把拽住我的胳膊,两只小眼睛死死盯着我,脸都涨红了。

他是想求我放过他? 我偏不。嘿嘿,这小子这回输定了。

谁知浅浅说了句吓死人的话："我自己去向全班同学认错。"

看他拿着《格列佛游记》走上讲台，一副视死如归的模样。我怔在那儿半天回不过神。

虽然夏毓婷没有批评浅浅，浅浅还是拿出钱来请全班女生喝了奶茶。

我捧着热乎乎的奶茶，看浅浅默不作声站在一边，忍不住轻轻搂住他的肩膀："浅浅，你确定那本书是你自己放进书包的？"

"不是。"

"那你为什么不跟大家说明情况，就说有人故意陷害你。"

"陷害？没那么严重，顶多是开个玩笑而已。再说，全班那么多人，为什么偏偏我被开玩笑？这说明我有做得不够好的地方……"浅浅居然这么轻描淡写。

我却无地自容了。

他大概猜得出，昨天放学时，我从班级图书角拿了《格列佛游记》，偷偷塞进了他书包的隔层里。

我再也不会跟他打赌，因为我已经输得一败涂地。

姐妹装

我为她心痛。

    罗曦抱着膝盖坐在草坪上,仰望一只小小的风筝从教学楼顶慢慢飞过来。风筝离我们很远,远到只看得出那是一只风筝,看不清它的形状和颜色。

    "它是蓝色的吧,"罗曦的声音仿佛三月里河岸边的新柳,柔软却富有韧性,"和梦想、海洋、联想、心胸、祝愿、未来一样,是蓝色的。"

    "我怎么觉得它是红色的呢?"我在她身旁的长椅子上坐下,看那只漫不经心的风筝飞得趔趄又不失平稳,"和热情、目标、奋斗、成功、青春、希望一样,是红色的。"

    我们沉默着,谁都不看谁,视线随着风筝缓缓移动。

它大概已经断了线,却因为被风托着,一时半会儿掉不下来,只能飘忽不定地飞来飞去。

"左左,如果我去读幼儿师范,你会想我吗?"过了一会儿,罗曦把脖子放下来,转向我问。

"不会。"我脱口而出。

"可是我会想你,"罗曦的语气略带伤感,"我们是姐妹。"

"酸死了,"我耸耸肩膀丢给她一枚绿橄榄,"是姐妹你还瞒着我一个人去报幼师? 你分明把我当成对手啦,是不是?"

罗曦精致的眉头皱起来,柔软红润的嘴唇微微翘起:"你又来了? 我说过了,你不适合读幼师。"

"那你就适合?"我不由得朝她翻眼皮,"不让我报……就是怕被我 PK 下去是不是? 早就说好了上同一所学校的嘛! 临时变卦不说,还不通知我。要变大家一起变咯!"

"左左,你真的不适合做幼儿园老师。"罗曦像是急了,被微风拂过的面庞上升起一片温热的潮红,尖尖的下巴抬得老高,"你应该去读重点高中,然后考上你心仪的外国语学院。而我……也许幼师更适合……"

我受不了她那双动不动就水波盈盈的大眼睛。

我把目光重新投回远空,去搜索那只可怜的风筝。

嘿,它居然没了影儿!

已经是五月,气温一天比一天高,空气一天比一天稀薄,初三的同伴吃饭、上厕所、倒垃圾一天比一天利索,老师们沉闷的脸一天比一天憔悴,中考像个闷雷一样时时在耳边滚动,提醒我们珍惜最后的机会冲刺。

晚自习比午睡课还安静,每个人都忙着应付一大堆练习卷。而且班主任说了,下课之前必须把"中考目标责任书"填

写完毕交上去。好奇怪啊,目标应该是定在自己心中的,写在纸上有用吗?

同桌祁波咬着笔杆冥思苦想一番,狠狠把头一点,写下"沿江中学"四个气魄雄伟的字。悲壮感从我心底油然而生。哎,这年头,工人也有出来当歌星的,只要有梦想,谁都可能成功。所以,后进生把省重点高中定为冲刺目标,也没什么说不过去的。

我却没有这样的勇气。这都怪罗曦!她的突然变卦,她的临阵脱逃,着实乱了我的方寸。她那么优秀都放弃了沿江中学,那我还有什么理由什么动力什么能耐去坚持? 初中三年,我一直是她蹩脚的陪衬而已。

思虑再三,我决定把中考的目标降下去。当我在纸上写下一个陌生的、暗淡的、我丝毫不感兴趣的校名时,身旁的祁波像个受了刺激的精神病人一样不顾场合地嚷嚷起来:"喂喂喂,后南中学? 左左你在梦游啊? 目标定得这么低,当心被班主任退回来!"

所有的目光都迅速从自己的练习卷上跳跃到我身上,所有的人都目睹了我的退缩和颓废,但他们诧异的目光里大多包含着事不关己的冷漠,没有谁愿意花时间去琢磨我退让的原因。短暂的唏嘘过后,周围又恢复了平静。

而我知道,罗曦不会当作什么事都没发生。隔着一条过道,我能明显感受到她灼灼的目光。

果然,半分钟过后,她"啪"地扔过来一个小纸团,上面的字潦草却有力:

好妹妹,坚持你最初的目标啊!

我嗤之以鼻。真是好笑啊，自己甩甩手，招呼都不打一声去报考幼师，却把读沿江中学的重任强加给我，有这样的姐妹吗？我把纸团丢进桌肚，不去理会罗曦，甚至不愿稍稍侧过脸瞟她一眼。

想想挺心寒的。三年促膝相处，睡一个卧室，喝一个汤盆，穿一模一样的姐妹装，就连发型都互相靠拢直到一起去剪蘑菇短发，没想到最后她还是叛离了我。

什么姐妹？什么友谊？根本靠不住。

算了，不去多想。

宿舍的灯总是熄得太仓促，我都没来得及喝牛奶，整个世界就已漆黑一片了。摸索着爬到上铺，靠在床杠上把吸管咬得"吱吱"响，同室的几位有意见了，纷纷发出抗议，有故意咳嗽的，有用屁股使劲儿拍打床垫子的，有大声叹气的……

我充耳不闻，继续"吱吱"吸我的牛奶。

没想到有人说话了。而这个说话的人居然是罗曦。

"左左，熄灯以后不可以吃东西。"她小声却很用力地提醒我。

"我没有吃东西，我在喝东西。"我当然很生气，咂咂嘴朝下铺探出脑袋，龇牙咧嘴地回答她。

反正周围黑乎乎的她看不见我的表情。

"哎呀你不要强词夺理。你知道不知道你喝牛奶发出的声音影响了整个宿舍的人。而且你还故意吸得那么响。"罗曦居然当着全宿舍同学的面指责我。

我恨死她了："要你管。"

说完用力蹬了蹬床垫子，很不开心地躺下去。

日子的小舟在茫茫题海里一点点一点点地往前划动，驶

属于我的秘密

向那令人想起来就紧张不已的彼岸。能不紧张吗？彼岸等着我的，究竟是什么样的风景呢？是沿江中学，还是后南中学？如果真的不幸落入后南中学，我还有机会走进幸福的外国语学院吗？

我觉得很渺茫了。

罗曦好像没觉得我和她之间已经有了隔阂，还是和往常一样邀我一起去食堂，一起回宿舍，但是我们好像再也没有时间到操场上去仰望天空了。以前在一起，喋喋不休的总是我，她大多时间充当听众，淡淡地笑，关键时刻插上一两句，可现在不一样了，她变得唠叨，感叹这个感叹那个，一会儿鼓励我一会儿鞭策我，我勉强地听着，轻易不开口。她做人太假了，如果不是功课太多使我没有时间、没有精力考虑那么多，我想我会跟她说清楚断绝姐妹关系。

我们就这样勉强维系着表面一层薄薄的友谊。

五月的最后一个周末，班上举行最后一次联欢会，目的是让大家放松心情，调整心态，为最后的冲刺提供更加健康充沛的能量。班主任开恩，允许大家穿自己喜欢的衣服，带自己喜欢的小零食，还可以和最要好的伙伴随便坐一起分享零食。

这个好消息把同学们乐坏了。

"左左，你预备和谁坐一起啊？"同桌祁波傻呵呵地问，"咱俩算不算最要好？"

我使劲儿瞪他，看他那副永远也成不了钢却永远都不可能意识到自己成不了钢的样儿，忽然发现他其实最率真最可爱，于是点点头说："我们可以坐一起分享小零食。"

祁波激动得从座位上弹起来扭屁股。

联欢会的前一天，抢在熄灯之前罗曦对我说："左左，我们明天穿姐妹装吧,你说穿蓝色的 T 恤还是红色的短袖衬衫?"

按照惯例,凡是班上或者学校有什么活动,我和罗曦都会穿一模一样的衣服。但是这次,她的提议让我反感。

我没有说蓝色,也没有说红色。

通过这些天的相处,她应该看出来我不再喜欢她。而错并不在我。

第二天一早,她套上蓝色的 T 恤,还俏皮地朝我眨眼睛。我耸耸肩膀,穿上一件她没有的英伦风格的格子衬衫。气死她!

联欢会给了大家一次彻底放松的机会,我们自由地坐着或站着,吃东西、说话、朗诵、唱歌、玩游戏……开心得仿佛一年级的小朋友在过儿童节。我和祁波坐在一起,一起分享我的绿橄榄。那可是我最爱的零食,一般人吃不到。

罗曦托着一枚果冻走过来讨好我,还问我要一枚绿橄榄,我没有收下她的果冻,也没有给她绿橄榄。

她失魂落魄地走开,祁波抓起一把绿橄榄追过去塞给她。

我没给祁波好脸色看。

"你干吗?"祁波还教训起我来了,"罗曦不是你的好姐妹吗?你怎么这么小气?再说,人家都要去上幼儿师范了,到时候说不定三年都见不上一次,你不难过啊?"

我哼哼鼻子:"有什么好难过的?那么好的成绩居然去报考幼师,她脑子有问题。"

"有什么办法呢?"祁波叹口气,"她妈妈病得那么重,家里根本拿不出钱供她读高中。她那么好的成绩考幼师,能拿到不少助学金和奖学金呢!"

"这样啊!"我感到震惊和羞愧。

这么多天，我都没有好好问问她为什么突然放弃重点高中，为什么非得考幼师，我只顾着跟她生气，却全然不知她的痛苦和无奈。

没错，她有一个常年卧床的妈妈，爸爸虽然开了间杂货铺，可挣钱的速度永远赶不上花钱的速度……

我的好姐妹，她心里藏着那么大的难处，却没有告诉我。我为她心痛。

我想我应该向罗曦认错，请求她原谅我这些天来对她的冷漠和无礼，原谅我的自私和狭隘。

可我没有勇气向她表达我的心痛、我的歉意。

进入六月，机会来了。

初三年级要分班拍毕业照啦。

入睡前，我小声对罗曦说："老师说明天穿校服。"

罗曦轻轻"嗯"了一声。

结果第二天，她果真傻乎乎地穿了校服。

午后的阳光纯净透明，宁静的校园里，即将分别的同学们围着老师站在绿色的草坪上，对着照相机绽放最率性最快乐的笑容。穿着校服的罗曦站在第一排的最中间，和她并排站立的那个人，也穿着校服。其他女生都穿得花枝招展，她们俩的素色校服显得那么特别，甚至有点格格不入。

没有人笑话她们。因为大家都知道，罗曦和左左是一对好姐妹，她们总喜欢穿姐妹装。

"咔嚓"一声，姐妹装永远定格在了这段动人的青葱时光里。

"早上起床发现室友们都没穿校服，我就知道，这是你的阴谋。"罗曦坐在草坪上，愉快地朝我眨巴眼睛。

"我的阴谋得逞了，我好开心。"我有些害羞。

罗曦拉着我的手，桃红的面庞泛出好看的笑靥。

祁波拿着一只风筝朝我们跑来："喂，还不进教室？快上课啦！"

"哪儿来的风筝？"我和罗曦快活地迎上去。

"操场角落里捡的，"祁波指指头顶，"应该是从天上掉下来的！"

"会不会就是我们上次看到的那只风筝啊？"罗曦有点小小的惊喜，"瞧，它是蓝色的！我就说它是蓝色的！是梦想的颜色！"

祁波把风筝翻过来："另一面是红色的哦。"

我忍不住惊叫："哇！我也猜对了，我说是红色的！是希望的颜色！"

"有梦想也有希望，祝你们好运！"祁波甩甩头，"走啦！"

我们肩并着肩，朝着明亮的教学楼大步前进……

哥们阿善

悬赏寻找我恶作剧者。

　　自习课上，不明飞行物突然落到我摊开的作业本上。我定睛一看，"噌"地跳起来，转动脑袋四下搜寻恶作剧者。

　　周围相当安静。同学们一个个闷着脑袋做自己的事，额头上干干净净，都没写"是我干的"。

　　我把目光重又投到作业本上，我的漂亮的绒球球正无辜地躺着，显得十分可怜。它本来应该坠在我的绒线外套的帽子尖上，垂在我后背的发梢处，一晃一晃显出我的可爱。

　　"冒子，你看见是谁扔的吗？"

　　冒子是我同桌，姓"冒"，所以得名"冒子"。

　　没来得及等她回答，我回头拍了一下阿善的笔袋："阿善，你看没看见？"

按道理我应该首先怀疑阿善，因为他就坐我后面，他要是剪下我的绒球球，再抛给我，一秒钟就可以完成。

可是，我不怀疑他，丝毫不，因为他是我的哥们，唯一的异性哥们。

"看见了。"哥们阿善在对付难题，没抬头。

"谁呀？"我惊喜。

"班主任。"阿善说。

"不可能。"我说，"班主任怎么会偷袭我？他除了脑袋光滑一点、目光短浅一点、嘴巴锋利一点，没什么不好的，不至于……"

"呵呵呵……"

我的话被一片笑声打断。

阿善抬起眼朝前面瞟，嘴角往外努。我的脑袋大起来，大起来。

"米诺。"

班主任的声音箭一般射中我的后背。

我硬着头皮转回去，想给班主任一个灿烂的笑脸，可是脸上的肌肉十分僵硬，僵硬到我指挥不动它。

惨了惨了，得罪了班主任，我非下地狱不可。

面对这样的惨状，我竟想不出一点补救的办法。我第一次感受到自己智商的平庸和面对困境的懦弱。

"米诺，给大家讲讲，你是怎么把最后一道附加题做出来的。"班主任说，"全班只有你一个解出了这道题。"

"啊？"我张大嘴巴，这才发现班主任手上托着大伙儿上午做的试卷。

"嗯啊嗯啊……"我激动得语无伦次。

同学们用奇怪的眼神看我，失望于班主任竟对我的无端诋毁充耳不闻，反而客气地请我讲述解题经验。

实际上班主任只不过头发不明不白脱了一些，眼睛比一般人小了一些，嘴唇比正常人薄了一些，没什么不好。

"来来来，到前面来讲。"班主任朝我招手。

我受宠若惊，感恩戴德地走上去讲述解题思路。

被羡慕的目光和钦佩的掌声包围着，我很快忘记了绒球球的事。

放学的时候，阿善还在草稿纸上算来算去。

"哥们，解题思路我不是讲过了吗？你没听啊？"我敲他的课桌。

"我相信还有另外一种解法。"阿善固执地说，"一定有。你先走，不要等我了。"

我俩顺路，放学经常一起走。

我撇撇嘴，收拾书包走的时候，摸到了桌肚里的绒球球，又想起那个混蛋恶作剧的事。

"阿善，你究竟看没看见……"

"别说话。"阿善打断我，一副严肃认真的表情。

我提起书包走了。

真是郁闷，好端端挂在帽尖的绒球球，居然被人弄下来了。

回到家，我胡乱把绒线外套脱了，吃晚饭写作业睡觉。

做梦的感觉很好。我坐在空旷的蔚蓝色考场上，看浪花一样翻卷的试卷和海藻一样飘来拂去的题目，正准备下笔时，电话突然响了。

"米诺，我做出来了！做出来了！"阿善疯子一般嚷嚷，"我就知道那道题不只你那一种解法。现在让我来告诉你，我是这么做的……"

"阿善，你去死……"

第二天我进了教室，跟冒子大谈梦里的事。

"阿善居然说那道题有另外一种解法。怎么可能嘛！有的话我不第一个做出来？就凭他那个猪头脑，想跟我比附加题，还差三十万八千里！幸好只是个梦，要是他真的做出另一种解法，我非跳楼不可。呵呵……"

我喋喋不休。

冒子一边听一边笑，一边笑一边把嘴巴挤来挤去，就是不说话。

"傻样。"我坐下来掏英语书。

这时我突然瞥见阿善已经在座位上了。神不知鬼不觉的。

我的脑袋大起来，大起来。

为什么我每次说人家的坏话，人家总是能听到？

不知道阿善会不会生气，毕竟我不小心用"猪头脑"形容了一下他。实际上他的脑袋只不过比平常人大了一圈而已。

我拍拍胸口强作镇定，灵机一动，从书包的侧袋里摸出一枚榛仁巧克力（大概是半个月前塞进去的，一直忘了吃），双手托着，讨好地转身递过去，并且用极尽温和的声音说："哥们阿善，给你巧克力吃哦。"

阿善没有拒绝。他笑眯眯地伸出两根手指，轻轻捏住巧克力，贪心地问："还有吗？最好是葡萄味的。"

"有有有。"我一个劲儿点头，"我家里有。明天管你个够！"

老天知道我家里根本就没有巧克力。

我摸摸口袋,心想放学后得去趟小超市,仅剩的十几块零花钱留不住了。

谁叫我说话不经过大脑思考,总得罪人呢。

看阿善有滋有味享受巧克力,我心里舒服了一些。

"到底是哥们,说他'猪头脑'他都不生气。"我激动地推冒子,很小声地说,"刚刚我在跟你胡说八道的时候,你为什么不告诉我他已经进来了?"

"我不是向你努嘴巴了吗?"

"呆子,有你那样努嘴巴的吗?"我哭笑不得,"你到今天都没学会努嘴巴?"

"努嘴巴很重要吗?"

"当然。"我说着给她示范了一遍,"记住,下次有情况要这样给我努嘴巴。"

"哦。"冒子很乖。

我终于定下心来朗读英语课文。可是半分钟不到,我没了心思,因为我想起了绒球球。在那么一秒钟内,我发誓要揪出"恶作剧者"。

怎么找呢? 悬赏。

刷刷刷,几分钟时间,我的悬赏通告搞定,以下便是:

悬赏寻找恶作剧者

本人昨天下午的自习课上,被人恶搞了一回。那家伙偷偷从我背后摘了我绒线外套帽子尖上的绒球球(和衣服一样它是奶白色的),又把绒球球抛到我桌上。虽然说这不是一件很大的事,但也不能算是一件很小的事。

我认为非常有必要找出这个恶作剧者,并且教育 TA 以后不要没事找事去干恶作剧。要是不教育 TA,说不定哪天 TA 还要把我头发剪下来扔给我。

请目击者放学之前将线索写在纸条上塞我书包里,并请在纸条右下角署上自己的尊姓大名,我一定重谢(至少请吃葡萄味巧克力)!

拜托了!

受害人米诺

读了两遍,我觉得很满意,于是丢给冒子:"亲爱的,麻烦你去把它张贴到班级公告栏里。"

冒子拿起来看,看完就笑,笑得唾沫四溅。

"这可不是幽默故事。"我用英语书挡住她飞溅的唾沫,一本正经道,"好了好了,赶紧去贴出来。"

冒子笑够了,抿抿嘴凑近我:"你准备悬赏多少枚葡萄味巧克力?"

"难道你知道谁是恶作剧者?"我瞪圆眼睛,"快说快说。"

冒子晃晃脑袋:"我随便问问。"

"去去去。"我轰她道。

悬赏通告上墙后,全班沸腾。

同学们课间围在一起,说什么的都有。

我一下课就躲出去,给别人往我书包塞纸条的机会。

结果坏了,中午的时候,我的书包里已经塞满了纸条。张三说是李四,李四说是王五,王五说是赵六……

我的脑袋发胀,发胀。

"都是被你的葡萄味巧克力给馋的。"冒子嘿嘿地乐。

"算了算了。"我摆摆手，再次想到身后的阿善。

阿善正对着窗外发呆。

"哥们，我郑重其事地再问你一遍。"我相当认真，"你看没看见……"

"努——"阿善打断了我的话。

我随着阿善的目光看去，见班主任走过窗口，进入教室。

我不得不坐好。

"呵呵，真是一个好消息！"班主任看上去很兴奋，"昨天试卷上那道附加题，米诺给大家讲了解题思路。今天，有一位同学把另外一种解法写给了我。我很高兴，我们班上有这样刻苦钻研的同学。"

我的心跳得快起来。

"黄善，你给大家讲讲你的思考过程。"班主任对阿善说。

我的嘴巴张成"O"形。

阿善笑吟吟地走上去。

"你要找的人，就是他。"冒子突然对我嘟哝。

"什么意思？"我的脑子不够用。

冒子说："那个绒球球是阿善扔给你的。但不是阿善恶作剧摘下来的，是它自己掉下来的。阿善只不过好心帮你捡起来而已。是你自己总把人往坏处想，丁点儿小事搞得那么复杂。"

我愣在那儿无法思考，只看见阿善站在黑板前，一边龙飞凤舞地演算，一边眉飞色舞地讲解。

那个梦，难道不是梦？

哥们阿善！

因为曲奇会走路

天性难改。

我把静静得罪了。只是因为一盒曲奇饼干。

事情是这样的。昨天下午，静静到我家玩儿，我妈妈送给她一盒曲奇饼干。可是妈妈把东西给她并且把她送出门的时候，我正好在房间里接电话，没有看见。一直到吃晚饭之前，我才发现茶几上的曲奇饼干不见了，想起静静说过也喜欢吃曲奇饼干，觉得事情有点儿蹊跷，于是我马上给静静去了电话。我在电话里瓮声瓮气地问她是不是悄悄拿走了我的那盒金色的曲奇饼干，结果静静什么话都没说，只是一个劲儿抽泣。

我挨了妈妈的狠批。她让我站在进门换鞋的地方，面壁思过。如果不是爸爸回来得早，我肯定会被折腾到半夜。妈妈说，像我这么小气冲动又

经常出错的人,就应该好好地反思,好好地悔悟。爸爸了解了事情的经过,心疼地把我拉到膝盖上,倒过来怪妈妈对我太一本正经,还承诺下次到超市里帮我寻找那样的曲奇饼干,买两盒。喔哟喂!那可是价格不菲的进口饼干哦!是爸爸的朋友送的,我还没吃过呢!

妈妈望着我们俩要好得不得了的模样,气得胸脯一颤一颤,说她的小叶增生又要发作了。我连忙从爸爸膝盖上下来,还懂事地嚷嚷请爸爸不要浪费钱买进口曲奇。妈妈紧绷的脸这才放松。

可是,我把静静惹哭了,要怎样做才能和静静重归于好呢?她一定恨死我了。还有还有,最关键的是,我要怎样才能让自己变得大气不冲动又不常常出错呢?

晚上睡在被窝里,我的心里很难受,想哭又哭不出。说实话我可真心疼那一盒曲奇饼干,失去曲奇,仿佛心里冒出来一个空格。妈妈怎么不跟我说一声就把东西送给静静呢?静静虽然是我的同桌(从三年级到四年级都是同桌),可我们的关系并不是好得不得了,有时候会为了一道难题争得面红耳赤,有时候会为了一点小事闹别扭一天不说话。别说不是很要好,就算很要好,静静也应该和我分享那么好的一盒曲奇饼干,而不是一个人拿去啊!再说,要是静静有教养,也不该随便收下那盒昂贵的曲奇,而是应该婉言拒绝啊!她是知道我也喜欢吃曲奇饼干的!

但是转念又想,不就是一盒饼干吗?就算是进口的,那又怎么样呢?饼干就是饼干,又不可能嚼出巧克力的味道。因为它而影响我们同桌之间的情谊,那就不划算了。哎,真是没想到,短短的一个下午,我失去了曲奇饼干,也失去了友谊。

睡不着了,拧开台灯,爬起来给静静写字条。

写什么呢? 说对不起吗? 那也太老土了。想来想去,我写道:

> 静静,你在电话那头什么都没说,但我听到了你的哭声。妈妈把曲奇送给你,我真的不知道,不然的话我不会给你打电话,不会冤枉你偷走曲奇。充其量我只会对妈妈发一通火,掉着眼泪跺脚……

写到这儿发现不对劲儿,把自己写得太丢人了,于是把纸条揉了,重新写道:

> 静静,你知道我是很喜欢吃曲奇饼干的,不要说是外国生产的,就是 MADE IN CHINA,我都爱吃得不得了。我知道你也喜欢吃,所以才会冤枉你拿了我的曲奇,但是没想到你那么随便地接受了那盒曲奇,至少你应该等我从房里出来后,问一问我,经过我的同意再拿走……

写到这儿又感觉不对劲,这分明是在责怪静静,达不到和解的目的,只好再揉掉,重写:

> 静静我跟你说,送我曲奇饼干的我爸爸的那个朋友,他那天(我记得是上个星期三晚上)来我们家把曲奇饼干送给我,临走的时候,我妈妈回赠给他一盒茶叶,是碧螺春新茶,价格不会比曲奇便宜,当时我有点心疼茶叶,但想到曲奇比茶叶好吃,就觉得值了。

不行不行,怎么写成这样乱七八糟不着边际了,静静会笑话我的。揉了,接着写:

> 静静你可别急着把曲奇吃了,留点给我……要是你已经吃完,记得把铁盒子留给我,我可以用它来装一些小玩意儿。

哦,不能这么写! 快揉掉。天呐! 写不下去了。脑子里全是静静躺在床上抱着曲奇铁盒子吃饼干的画面。我最终拉了被子蒙头睡着了……

第二天，我起床慢吞吞，刷牙慢吞吞，吃早饭慢吞吞，然后慢吞吞换好鞋，站在那儿抱着书包不肯出门。

妈妈看看墙上的钟："哎呀，朱雨雯你看看几点了！今天怎么这么磨蹭？如果你现在不拔腿就跑，肯定要迟到了！"

我抓抓头发转转脑袋："想想有没有忘记带什么东西。嗯……透明胶、水笔、草稿纸、胸卡……"

"来不及了，朱雨雯，坐妈妈车子去。"妈妈抓起自己的包包，放着一桌子凌乱的碗筷不去收拾，跑过来换鞋，"快走快走，你要急死我了！"

我被妈妈拽上汽车后座。

就这么去学校吗？怎么面对静静呢？她昨天接了我的电话一定很生气很难过，等会儿见到我，要么不理我，要么对我翻白眼，说不定还会跟别人说我怎么怎么小气，那我的脸该往哪儿放呢？

多希望妈妈的车子开慢一点啊，或者妈妈突然迷路，不认得学校了，或者堵车。咦？今天怎么不堵车？以前这个时间段不是总堵车的吗？今天怎么这么畅通无阻？近了，更近了，我的心烦躁不安。要是永远也到不了学校，永远也不要再见到静静，那该多好啊！

"等会儿见到静静，别忘了跟她道歉。"妈妈突然望着后视镜里的我，"收敛一下你的任性和冲动，别把好朋友都吓跑了。"

我撅起嘴唇不吱声儿。

"外国的曲奇饼干再贵，用钱可以买到，但是别人的友谊和尊重,是多少钱都买不到的。"妈妈接着唠叨。

我抿紧嘴唇。以前要是妈妈这么啰嗦,我早就抗议了,但是这次我觉得自己对静静真的有些过分,所以不想再说什么。最最过分的不是那通冤枉她的电话,而是我心里一直巴望着,静静可以把曲奇还给我。要是妈妈知道我心里这么想,一定会大声训斥我。可是我骗不了自己,我心里就是那样想的,就是那样巴望的。也许我生来就是个小气鬼,天性难改。

但我绝对不是个厚脸皮,所以走进教室见到静静,我的上下两瓣嘴唇像是被沾上了 502 胶水,怎么也没办法打开。假如我的脸皮足够厚,我就可以对静静说:对不起,我冤枉你了,我现在知道了曲奇不是你拿的,而是我妈妈送给你的。咱俩是同桌,要不,你把那盒曲奇拿来,我和你分着吃。

我说不出口。

教室里是琅琅读书声,静静正忙着收作业本,还没有回座位。我忐忑地坐下,小心扭动脑袋看四周,想知道是不是全世界都知道了我冤枉静静是小偷,全世界都见识到了我的小气和冲动,全世界都鄙视我。还好,大家都很认真地在读课文,没有人往我这边看,就跟平时一样。

我心不在焉地打开语文书,装模作样读起课文来……过了一会儿,我用眼睛的余光瞥见静静在我身边坐下了,但我不敢看她,更不敢说话,就连好不容易张开来读课文的嘴巴也重新闭紧了。

我幻想着,幻想着静静跟我说话,甚至幻想着静静突然从桌肚里拿出那盒曲奇,笑眯眯还给我……但更多的是担心,担心静静用轻蔑的口吻讥讽我的小气,担心她大声嚷嚷我怎么怎么可恶,弄得人尽皆知……

我在惴惴不安中熬过了晨读。

下课的时候,静静像往常一样问我:"朱雨雯你去不去上厕所?"

我一惊,迅速瞟一眼她的脸庞,木讷地点头,又傻傻地摇头。

望着她的背影消失在教室门口,我忽然觉得自己多么可笑。静静似乎得了健忘症,把曲奇的事情忘得一干二净了,忘得那么潇洒,可我怎么就做不到呢?一点小事就这么纠结,我将来还能做什么大事?这么一想,就觉得自己在静静面前变得渺小起来。

我决定要把曲奇的事情忘掉。既然静静不提起也不生气,那我只好当什么事情也没发生。

我们就这样继续做着同桌。该一起上厕所就一起上厕所,该一起吃饭就一起吃饭,该一起讨论题目就一起讨论题目,总之是该干吗就干吗,表面看上去和以前一样。但是我能感觉到,我们之间有了距离,中间仿佛隔了什么。

妈妈每天都问我和静静相处得怎么样,我总是汇报说很好。

又到了星期六,妈妈提出来请静静星期天再来家里玩儿,我却不发表意见。我不是小气,而是不好意思,也怕静静不领情。万一她不愿意来,我岂不是很没面子。

午饭过后,妈妈正在午睡。我想出门去买笔芯,偏偏天空下起雨来。我犹豫一下,还是决定要去,没有笔芯没法写作业啊!我换好鞋,拉开鞋柜最下面的一个抽屉。我要找一找雨伞是不是在里面——

这一刻我看见什么了!曲奇!我的那盒外国进口的曲奇

饼干！它正静静地躺在抽屉里，金色的铁盒子闪闪发光，熠熠生辉。

我把它抱起来掂量掂量，嗯，沉甸甸的，没有开封。我的心飞快地跳动。不可能是原先的那一盒呀，一定是爸爸偷偷买了放在里面的。

管不了那么多了，不急着买笔芯，不急着写作业，要赶紧坐到沙发里，搂着曲奇左看右看，上看下看，爱不释手。

整个下午我都快活得不得了。我又有一盒曲奇啦！心里的一个空格终于被填满了！

吃晚饭的时候，我忍不住支到爸爸耳朵根说谢谢，没想到爸爸装傻。睡觉之前我再次对爸爸道谢，爸爸还是跟我装傻。他一本正经告诉我，他没有给我买曲奇。我只好去问妈妈，妈妈更是一头雾水。

从鞋柜最下面抽屉里发现的这盒曲奇，把我们全家人弄傻了。唯一的可能是，那天妈妈把曲奇送给静静，静静出门的时候没有拿走，而是悄悄放在了抽屉里。

在爸爸妈妈的鼓励下，我拨通了静静的电话。

"静静，曲奇……怎么会还在我家里？"

"因为曲奇会走路。"电话那头说。

"对不起静静。明天来我家吃曲奇，好不好？"我含着眼泪满心真诚地邀请。

静静不说话，但我知道她答应了。

静静，这一通迟到的道歉电话远远不能够代表我的歉意，也远远不够惩罚我的自私和冲动，但是请你相信，我会通过接下来许多个日子的努力，让你看到一个不一样的朱雨雯。

我不知道他爱我

"爸爸别打哥哥!"

"陈钢,快起来下去买包子。"爸爸含糊不清的声音从隔壁房间传来,"去晚了就只剩下菜包子。"

我翻个身,拉被子裹住脑袋。

他上夜班凌晨才回来,疲倦起不来,我爱睡懒觉也起不来,但陈玉已经起来了,她可以去买呀。

"听见没?妹妹饿了!"

爸爸加重了语气。

我担心皮带事件再次发生,便一股脑儿爬起来,穿着拖鞋去客厅找硬币。

"哥哥,一定要买肉包子哦。"陈玉站在落地阳台下的小桌前练字。

她是个练字狂,星期六都不知道睡懒觉,一有空就写写写,害得我跟着她早起买包子。

我抓了钱跑下楼去，心里一百个不服气。

凭什么每次都是我爬起来买包子，陈玉又不是没长脚。

"哟！陈钢，又给你妹妹买肉包子？"阿姨麻利地用纸袋装了四个肉包子递给我。

我每天都买四个肉包子，妹妹吃两个，我也吃两个。

我说："给我两个肉包子、两个菜包子。青菜香菇馅儿的。"

阿姨笑呵呵地把其中两个肉包子换成菜包子。

我一手托着纸袋，一手抓起肉包子就啃，啃完才拎着纸袋上楼去。

"哥哥，怎么是菜包子？"陈玉嘴巴翘得老高，"我讨厌香菇味儿。"

"肉包子卖完了，只有菜包子，你爱吃不吃。"我说。

陈玉抿抿嘴巴，搁下毛笔去房间找爸爸。

"爸爸，哥哥起得太晚，都没买到肉包子。"

"哦？玉玉将就着吃一点吧。中午爸爸带你出去吃牛肉粉丝煲，不让哥哥去，好不好？"

"好。"

陈玉喜滋滋地回到小桌前，拿起一个菜包子，浅浅咬一口，皱皱眉，继续写字。

我掏出掌上游戏机躺在沙发上玩。

"哥哥，你也吃一个吧。"陈玉突然托着一个菜包子走向我，"你也不喜欢吃菜包子对不对？不喜欢也得吃啊，咱们一人一个。"

我避开她天真无邪的眼神，派头很大地摆摆手："你一个人吃吧，我不饿。"

"爸爸说不可以玩游戏,你就别玩儿了,写作业吧。"她居然管我。

我侧过脑袋问:"你上几年级?"

陈玉眨巴着眼睛说:"哥哥你不知道我上五年级吗?"

"这就对了。"我说,"你才上五年级,我都已经上初一了,你管我合适吗?"

"可是哥哥,你怎么舍得把很多很多时间浪费在游戏上呢?你作业写好了吗?就算写好了也可以看一会儿书,或者跟我一起练字呀。"

我鼻子哼哼不理她。

她居然靠过来一把抢走我的游戏机:"你再玩儿我就告诉爸爸。"

我跳起来夺回我的游戏机:"要你管!"

陈玉瞪我一眼,跑去告状了。

我这才意识到事情的严重,火速把游戏机藏到沙发垫子下面。

穿着睡衣的爸爸睡眼蒙眬地被陈玉拉到客厅。

"陈钢,妹妹说你不写作业,一个劲儿玩游戏,是不是啊?"

我站着不吭声,也不朝他看。

"我不是跟你说过了吗?绝对禁止玩游戏。"爸爸半闭着眼睛对我说。

"掌上游戏而已。"我为自己辩解,"不是电脑游戏。"

"也不行!"爸爸猛地睁大眼睛朝我把手一摊,"游戏机交出来。"

我不接他的话,也不去拿游戏机。

"听见没有!把游戏机交出来!"爸爸睡意全无,直勾勾盯

着我看。

我瞟他一眼,倔强地别过头去。

"一定在沙发里。"

陈玉机灵地钻到我身后,迅速从沙发垫子下找出我的掌上游戏机,得意地交给爸爸。

"这哪儿来的?"爸爸问我。

我不吱声。

"没收了。"他轻描淡写地说,"写作业去。"

"还给我。"我鼓起勇气,"这是我向同学借的。"

爸爸把游戏机翻过来、侧过去地看,问我:"店里卖多少钱?"

"98。"我说。

其实这游戏机是我的。我每天从饭钱里省下一点,积少成多,才有了98元。

爸爸什么也不说,从钱包里掏出一张粉红色的人民币,递给我:"把钱给人家,游戏机归我了。"

我不去接钱,心里堵得慌。

"你的倔脾气又犯了是不是?"爸爸激动起来。

"哥哥。"陈玉把钱接过来往我手上塞。

我扭扭脖子不理睬。

"信不信我揍你?"爸爸火大了。

"来呀。"我说,"把你的皮带拿出来。"

他动不动就拿出皮带吓唬我,使我从小对皮带充满恐惧,以至于听任牛仔裤松松垮垮落到肚脐眼下也不愿意系皮带。

上次他发现我玩电脑游戏,就拿出了皮带,我逃得飞快,没挨到打,但是家里的电脑从此我打不开了。那个我怎么也破解不了的密码,只有他和陈玉两个人知道。偏偏陈玉是他的死党,我对她威逼利诱都没办法知道和密码有关的一点儿信息。

我感到自己被他们推得很开,似乎是个外人。

"我就不信……"爸爸真的找来了皮带。

以前他只要一甩皮带我就会夺门而出,在楼下蹲个小半天,等他气消了再回来就没事了。

可这次我偏不逃,我想看看他究竟会下多重的手。

"我看你真是越来越不像话了。"他双眉紧锁,两眼仿佛喷出火焰来,"你脑子里一天到晚在想什么?啊,想什么……"

他的嘴角不住地抽动,好像有很多话要说,但因为着急,不知道挑哪句先说。憋急了,他便甩出皮带朝我抽过来。

我直挺挺地站着,没有闪身,也没有伸手去挡。

"啪"的一声,皮带闷声落在我后背上,我感到一阵发麻。

"爸爸别打哥哥!"陈玉慌忙用自己的背护住我的背,"哥哥下次乖了!"

"要你管!"我把陈玉推开,注视着怒气冲天的爸爸,头脑一热,脱下毛衣,脱下内衣,硬生生喊道,"你打呀!从小到大,你只知道打我。陈玉也犯错,你打过她吗?"

我在寒气中等待皮带再次落下来,落在我光滑的脊背上,发出酣畅淋漓的"啪啪"声。

然而,皮带久久没有落下。

"哥哥快穿衣服……"陈玉抱着我的衣服望着我,眼眶潮湿了。

我起了鸡皮疙瘩的发抖的身体很快被一个有力的怀抱裹住。这个突然的怀抱让我有一种想流泪的软弱和冲动。

但我不愿意被他察觉我的这种软弱和冲动,于是抓起衣服夺门而逃。

我在大街上奔跑,在凛冽的寒风里大口大口地呼气和吸气,问自己为什么面对他时心头总是那么压抑,为什么他遇事总跟我没有商量的余地,为什么我长得跟他一点儿都不像,为什么妈妈要去外地做一个报关员,两个星期才回来一次……

我决定给妈妈打电话。

一直以来,我对妈妈都是报喜不报忧的,怕她担心。但是这次,我决定跟妈妈好好谈谈,把自己的委屈统统告诉她。

我拨通她的手机,刚喊一声"妈妈",眼泪便在眼眶里打转。

"钢钢,什么事啊? 妈妈忙着呢。"

"那个……"

"妈妈晚上打回家好吗? 妈妈现在忙着呢。"

我搁下电话,仰头看天,不让眼泪流出来。

在街上溜达了半天,我仍然没有勇气回家。我想去找妈妈,但是没钱买车票;我想吃牛肉粉丝煲,还是没钱。

直到华灯初上,饥肠辘辘,我不得不选择回家。我蹲在楼下,看厨房的灯亮着,客厅的灯也亮着,想象着爸爸和陈玉面对面坐着,一边吃晚饭,一边谈笑风生,根本就忘了还有一个叫"陈钢"的人,也是这个家里的一员。

"上去呀!"

我吓一跳,转身看见爸爸虎着脸瞪我。

我撇撇嘴,懒洋洋地上楼去。

他跟在我后面,脚步声"噔噔"响。

陈玉开了门,见我就兴奋地嚷嚷:"哥哥你可回来了,爸爸找你一天了,好累好累……"

我去厨房找吃的。

"哥哥你饿坏了吧?"陈玉把一桶热腾腾的方便粉丝端到我眼前,"吃吧。"

"别给他吃,饿死他。"爸爸的气好像没消尽,"扭头就跑,一跑就是一天,你以为就你一个人肚子饿? 你跑呀,有本事跑了别回来!"

我把粉丝吸得"吱溜"响,头皮一阵阵发麻。

电话铃响起。

我一个箭步抢在爸爸和陈玉前面去接电话。

"妈妈!"

"钢钢好吗?"

"不好。"我瞥一眼爸爸,"他用皮带抽我。"

"是吗? 你一定又做错事了吧。你已经13岁了,要自己管好自己,不能总是惹爸爸生气……"

"我是他亲生的吗?"我忽然冒出这样一句话。

"不是亲生的难道是捡来的?"妈妈说,"要是捡来的,你爸爸才不会打你。"

我不明白妈妈的话,只觉得自己真的是他们捡来的孩子。

填饱肚子后我钻进自己房间去了。

陈玉在客厅读自己写的作文给爸爸听。父女俩有说有笑。

我更加觉得自己是多余的。

冷战正式开始。

我不再第一个起床去买肉包子。陈玉去买。

我不理爸爸,也不理陈玉。

我想以我的沉默来提醒爸爸我的存在，提醒他反思对我的态度和教育方式。

可是，他居然沉默应对我的沉默，没事儿人一样照旧上他的班、做他的饭。只是他忧郁的眼神被我偶尔捕捉住，我竟看出里面的柔软和无奈。

这么说他在心里向我妥协了？

这么说我扬眉吐气了？

我用他那张崭新的粉色大钞重新为自己买了一台掌上游戏机，和被他收去的那台一模一样。我把游戏机藏在了抽屉里，没有拿出来用。不是不敢，而是觉得有那么一点想管管自己。

星期五是他的生日。陈玉张罗着给他准备礼物。我只当自己是个局外人。

"哥哥，你真的以为自己是捡来的吗？"星期四的晚上陈玉一本正经地问我。

我不说话。

"其实，我才觉得自己是捡来的孩子。"

她的话让我震惊。

"哥哥，书上说，捡来的孩子是一定要疼的，不可以打不可以骂；亲生的孩子是要严加管教的，可以打可以骂。"

我不知道该说什么。

星期五早上，我照例没有跟他说话，他也没有跟我说话。我背着书包出去的一刹那，听见他在我身后对陈玉说："叫你哥哥放学后直接回家。"

我有点小小的激动。

我没有准备礼物，也没有准备祝福的话。但我放学后直接回家了。

　　没有生日蛋糕，没有美味佳肴，只有一小锅长寿面。

　　我有些失望地看他在灶台前下面条，觉得他看上去比前一阵老了一点，忽然害怕他会老得很快。

　　陈玉送给他一首歌和一张贺卡。

　　我什么也不说，闷头提起筷子，第一口面条没舍得咬断，一口气囫囵吞下去了，意味着祝福他健康长寿。

　　这是我记忆中他过的最简单的生日。

　　晚饭后我在房间写作业。

　　电话铃响了。

　　我知道是妈妈。

　　我下意识地竖起耳朵，听见他说："……爱归爱，但爱的方式肯定不一样。女孩子是要捧在手心里当宝玉一样疼的；男孩子就得当他一块铁，去烧，去敲打，把他炼成一块有用的钢……"

　　我的喉咙哽咽了。

枣红色门里
的秘密

"这是你的生日
礼物。"

到过我家的人都知道，有一扇门是从来不会当着他们的面打开的。

不仅不会当着他们的面打开，也不会当着我的面打开。我没有看见谁进去过，包括爸爸妈妈。

尽管那扇门很不起眼，但自从我踮起脚，鼻子尖刚好和餐桌齐平的那年起，就对它充满了好奇和向往，好多次用力去敲、去推、去拧门把手，结果把自己的手弄痛了都没能进去。

我猜想那里面一定藏着什么宝贝，说不定是好玩儿的东西，或者是好吃的东西，反正是好东西。

等下巴尖高过餐桌的时候，我已经是个会动脑筋的幼儿园大班的女生了，我试着翻箱倒柜到处寻找钥匙,把找到的钥匙一把一把轮流往那扇门的锁孔里塞,却依然对那扇门束手无策。

有一天我对爸爸妈妈说,我想打开那扇门,他们互相看了一眼,不约而同对我说:不可以。

"不可以"三个字给了我小小的震撼。

我玩大剪刀,他们说不可以,危险;我去水井边做游戏,他们说不可以,危险;我用打火机把用过的生日蜡烛拿出来点着,他们说不可以,危险……这么说,不可以打开那扇门,也是因为危险咯?

慢慢地,好奇和向往变成了深深的恐惧。我总是有意无意地想象着那门里面的情景,可能关着一个鬼吧,也可能是一群鬼,或者是比鬼更可怕的什么东西。我觉得它散发着一股阴气和寒气,因此不敢靠近。总之,那扇枣红色的装着银色门把手的木门,成了我沉重的心事和诡异的阴影。

8岁那年的一天,爸爸出差去了,外婆生病住院了,妈妈去陪夜,把我一个人留在了家里。我哭着求她把我带到医院和她一起陪外婆,她说什么也不肯。晚上,窗外漆黑一片,我把自己关在小房间里,打开顶灯、台灯,钻进被窝,竖起耳朵,小心地喘气,捕捉着房门外一丝一毫的动静,总觉得那扇枣红色的门随时会打开,然后飘出来一个鬼,候在我的房门口,就等着我的房门打开一道口子就马上挤进来……这么想着,我不敢开门,不敢到客厅去接电话,不敢到卫生间去小便。

明明心里惶恐,却不敢告诉妈妈,怕她笑话我胡思乱想。

是的,我知道那是胡思乱想,因为大家都说世界上根本就没有鬼。但是,谁又说得准呢?

熬到了10岁,我再次对爸爸妈妈说,我想打开那扇门,他

们说还没到时候。这个答案比之前的"不可以"好了很多。至少说，总会有一天我可以打开那扇门。

而同时我有了新的担忧——假如某一天那扇门真的在我面前打开，里面的情景会不会把我吓坏？我是否可以承受？

我于是开始矛盾。

但我更希望门里面的世界会给我一个巨大的惊喜。尽管我觉得这种可能性很小。

现在我 12 岁了，是个六年级的女生了，即将升入中学。一个月前，我求得爸爸妈妈的同意，转学到了现在的学校——沙洲外国语学校。这是一所寄宿制学校，一个宿舍里挤挤挨挨有 8 个床铺，我晚上睡觉再也不用害怕了。双休日，我以照顾外婆的名义顺理成章住到外婆家。这样一来，我再也不用回家面对那扇枣红色的门了。我的生活因为这样而变得轻松和愉快。

枣红色的门，似乎正在我的记忆中变浅变远。

然而在我生日那天，那扇门重新闯进了我的生活。

那天正巧是星期五，爸爸把我从学校接回了家。妈妈做了一桌好吃的，还送给我一把银光闪闪的钥匙。穿钥匙的链子，是一颗颗露珠儿那么大的漂亮水晶。

"这是你的生日礼物。"妈妈把钥匙挂在我胸前，"你不是总想打开那扇门吗？现在是时候了。"

她说这话的时候表情很不自然，像是要对我笑，又仿佛马上要哭出来了，这让我感到意外和不安。

爸爸搂着我的肩膀对我说："如果你今天不想打开，以后也可以打开。那扇门只有这唯一的一把钥匙，现在这钥匙交给你了，打开不打开随便你，什么时候打开也随便你。"

我有些感动，但更多的是激动。

我握着钥匙犹豫了好一会儿，不由自主来到了那扇门的跟前。

这一刻我才看清楚，这只是一扇再普通不过的木门，远没有我幼时想象得那样可怕。

这时候我忽然觉得这扇门里面绝对不会是妖魔鬼怪，没准儿是一笔巨大的财富。我这才意识到自己对于这扇门的害怕是多么的不应该和可笑。

因为太好奇、太兴奋，我捏着钥匙的手有些颤抖。

我把钥匙插进锁孔，刚要转动的时候，妈妈在我身后说："等一下。"

这声音使我刚刚消减下去的害怕又回来了。

我的心"咚哒咚哒"飞快地跳。

"你真的……想好要打开它了吗？"妈妈皱着眉头严肃认真地问我。

被她这么一问，我再次犹豫了。

"咳，打开就打开呗，也没什么。"爸爸在一旁耸耸肩膀故作轻松。

"孩子，有些事情不知道可能比知道要好很多。"妈妈语重心长地说。

"难道这门里面关着什么秘密？"我问。

"是的。"爸爸说，"在你很小的时候，我们就决定等到你12岁生日的时候让你亲自来揭晓这个秘密。"

"可我现在对于当初的这个决定有些后悔。"妈妈的声音哽咽了，"不让她知道也许更好。"

"还是让她自己决定吧。"爸爸拍拍妈妈的肩膀。

属于我的秘密

"妈妈希望你别打开这扇门。"妈妈望着我。

我不忍心看妈妈难过,但又很难压制住巨大的好奇心。

"要不,吃了生日蛋糕再说。"爸爸提议。

我们回到了餐桌前。

妈妈一个劲儿往我碗里夹菜。看着她看我的眼神,我决定不当着她的面打开那扇门。

寒假的某天晚上,妈妈加班,爸爸临时有事出去了,我终于忍不住了,强烈的好奇驱使我把银色的钥匙插进了那扇门的锁孔,然后轻轻地、忐忑地转动插在锁孔里的钥匙,紧接着木门发出"吱嘎"一声,打开了——

在我面前呈现的,是一个简单的老式玻璃立柜。整个小小的储藏室里,只有这么一个立柜。立柜里最引人注目的是一张全家福,年轻的爸爸抱着一个胖乎乎的婴儿,妈妈微笑着紧紧依靠,多么幸福的一家人啊!照片看上去有些年头了,但被插在漂亮的相框里,一点儿都不显旧。

可是,这跟我有什么关系呢?照片上的人我一个都不认识。

照片的旁边,有一个青布包裹。打开它,首先映入眼帘的是一双比巴掌还要小的虎头红布鞋……

这一瞬间,我忽然觉察到了些什么。

再去看照片时,才发觉那个婴儿的眼睛多么像镜子里我自己的眼睛。

我感到震惊。

青布包裹底下压着一封信。

我迫不及待地打开,发现是妈妈娟秀的笔迹:

　　亲爱的阳阳，当你看到这封信时，已经是个 12 岁的大女孩了，现在的你比照片上的你更可爱了，可你的爸爸妈妈一定比照片上老了许多，因为他们肯定无时无刻不在想你，想以前的你，想现在的你，想将来的你。作为你的养父养母，藏着这个秘密这么多年，我们也许有些自私，但是请你相信，我们是因为爱你，才这么做的。我们也曾自私地希望永远保守这个秘密，但那样做对你是不公平的，你应该知道自己的一切，这是你的权利。所以我们还是把钥匙交给了你。无论将来发生什么事，我们永远爱你。

读完这些，我的眼睛模糊了。

　　原来，这扇枣红色的门里藏的是我的身世秘密。原来，我是现在的爸爸妈妈领养的孩子。这一刻我的心里除了震惊，更多的是感动和感激。

　　站了许久，想了许久，我吻别照片上我的爸爸妈妈，将照片、包裹和信都放归原位，轻轻地锁上枣红色的门。

　　我把钥匙从胸前摘下来，放进写字桌抽屉的最里面。

　　我不想让现在的爸爸妈妈知道，那扇门曾经被我打开，那里面的秘密我都已经知道。

　　在我心里，他们就是我的亲生父母。

做你的长笛

"莫轩，还在想
她啊？"

一

　　注意到教室西北角那张课桌了吗？那个托着腮帮子咬着笔杆盯着窗外发呆的男生，名叫莫轩。每周五下午第三节课，他都会保持这个姿势，对着教学楼下那条空旷的沥青路，久久守望。

　　一般人不知道他在想什么。

　　而我，或许知道。

　　"着火了。"我推一下莫轩的胳膊肘。

　　他迟钝地转过脑袋，眼神慌张散乱："啊？"

　　我朝讲台方向努努嘴。

　　"喊，酒精灯啊。"莫轩显然对我打断他的"守望"很不满意，撇撇嘴瞪我一眼，又转过去"看路"了。

"这个问题谁来回答?"教化学的褚老师从讲台上的瓶瓶罐罐中慢慢抬起头,扶了扶鼻梁上1200度的酒瓶底,一手叉腰,一手撑讲台,粗线条环视教室,"嗯……莫多同学,请你来回答。"

教室里立刻发出一阵轻微得只有我们自己能察觉的起哄声。

褚老师往上用力抬了抬下巴,哑哑嘴说:"哦,今天……莫多同学没来?好,那就请池轩同学来回答。"

周围又泛起一片窸窣声,像是有人往一盆清水中撒了一把米粒。

"哦,池轩同学也没来?"褚老师略感遗憾地耸一下落满沧桑的肩膀,"好吧,这个问题的答案其实很简单……"

有人捂着嘴巴笑,有人摇晃脑袋,有人朝我和莫轩的方向拼命眨巴眼睛。

莫轩眼睛虽然盯着窗外,耳朵还是长在教室里的,这一切都能捕捉到。

他转过脸和我对视一下,嘴角泛起一丝庆幸的微笑,然后又迅速投入地去看他的路。

新学年开学两个多月了,褚老师还是经常把同学们的名字喊错。莫轩和池多,到他嘴里就张冠李戴变成了莫多和池轩,他这么称呼,我们当然有理由拒绝响应,也懒得纠正,毕竟是叫我们站起来回答问题,又不是领奖。

好在同学们也都很知心地配合。

"唉,褚老师好可怜,都快退休了还坚持上主课。"

"听说是他自己不肯转到教辅岗位,非要粘着初三化学。"

"他对名字特迟钝，课讲得倒是不错。"

"是啊，条理清晰，深入浅出。"

望着褚老师消失在教室门口的落寞背影，同学们议论道。

化学课一结束，莫轩的注意力终于从窗外的沥青路上回到了教室里。

他把笔杆从嘴巴里抽出来，站起来甩甩手臂，晃晃脑袋，踢踢小腿，一副累到极点急需调整的模样。

"池多，抄一下你的化学笔记。"他伸手抓过我的笔记，踢开凳脚坐下来抄，每一个字都桀骜不驯，长了翅膀似的要飞起来。

我忍不住试探："莫轩，还在想她啊？"

"想谁呀？什么意思？"他头也没抬。

我分明捕捉到他眼梢眉角一闪而过的慌张。

二

杨杨喜欢穿着牛仔裤在操场上打羽毛球。

她是那种看一眼就让人想看第二眼第三眼第 N 眼的美女。

虽然过去一年多了，但第一次见到她的情景还历历在目。

那天是我们初二(9)班的集体生日，开学的第二周。

算法很简单，把全班人的出生月份加起来除以 12，再把日期加起来除以 30，得出的日子就是集体生日了——9 月 11 日。

这天，严肃惯了的 Mr. 朱居然抛给我们整整一节课的时间庆祝生日。他自己呢，知趣地选择离开。他说只要不把屋顶掀翻，做什么都可以。哦，难以置信这话是从他嘴里说出来的。

恰逢教师节的第二天，教室里残留着玫瑰和康乃馨的芬芳，气氛温馨得正好。蛋糕是三层的，零食全部是平时家长严控的垃圾级别，课桌统统靠边，椅子天南地北胡乱摆，班长小鸾兴奋地招呼大家坐下，而后便是一拨拨人马围着蛋糕许愿，接下来便忙着抢零食，忙着打听别人的愿望，笑声叫声欢呼声此起彼伏。

Party 接近尾声，狂欢随着一位美女的介入进入高潮。

她跟在 Mr. 朱身后，像一颗珍珠一样闪烁着令人惊喜又愉快的光芒。蓬松的梨花短发，凝脂般的肌肤，黑布林似的眼睛，工笔红唇，湖蓝色的棉质长裙有着宽松的下摆，垂到膝下，和乳白色的鱼嘴鞋相呼应，整个人清新脱俗。

"女朋友？"

"Mr. 朱的女朋友？"

"不可能吧。"

"美得可真惊世骇俗……我怎么好像在杂志封面上见过。"

议论声有些失控。

"你不觉得她像个女演员吗？"我问身边的小鸾。

"像谁？"

"孙俪！"我几乎惊叫。

小鸾的鼻子拱起来，咂咂嘴嚷道："你眼睛有没有问题啊？她比孙俪高一个头还不止哦！如果说孙俪是小家碧玉，她可就是大家闺秀啦，这国际范儿，超过李冰冰，赛过范冰冰！"

她说完像小鸟一样奔过去迎接那位大美女。

Mr. 朱等大家的好奇心被撩拨得上蹿下跳的时候，才压

压手掌示意全班安静,站在教室最中央,隆重地把客人介绍给大家。

"认识一下,这位是我的中学同学,艺术学院的高材生,在少年宫教长笛。"

"哇!"人群中爆发出一片尖叫声。

美女跟长笛相结合,杀伤力可想而知。

"大家好,我叫杨杨。很高兴认识你们。"美女优雅地环视我们,眼睛里闪烁着柔润的光。

"洋洋得意的洋洋吗?"

"长得这么明媚,应该是阳光的阳哦!"

"不对不对,应该是美羊羊的羊,漂亮!"

有同学起哄,周围腾起一浪浪快意的附和。

笑声中,杨杨抚一下耳际的碎发,侧着脑袋脆生生地回应:"是白杨树的杨。"

"这个就更高大上了!"同学们惊叫。

在一片欢呼声中,杨杨径直朝我们这边走来。

她保持着气度非凡的微笑。

我的心跳得飞快。我们认识吗? 她想做什么? 为什么她一眼在人堆里注意到了我? 我池多是不是很特别啊?

心潮澎湃之际,却见杨杨离我近了,更近了。人群自觉为她让出一条窄窄的通道,一条我和她之间最短的直线。

周围安静下来,所有的目光跟随杨杨的身体移动。

非常近了。我听见自己的心脏跳得忙乱又兴奋,眼神无处可投,干脆低下头盯脚尖。

"我有个请求。"一个声音像一朵花一样在我耳际炸开。

什么? 请求? 美若天仙的长笛老师竟然有事求我!

我晕乎乎地抬起脸……热乎乎的心瞬间跌入湖底。

天呐，跟我没有半毛钱关系啊！杨杨洒满阳光的大眼睛擦过我的耳际，正直直注视我的身后……

帅得过分的莫轩揉揉鼻头，不屑地回答："什么请求？"

三

时间的针滴答转动，晚秋的风吹落梧桐的最后一拨树叶，黄蝶纷飞，空气中弥漫萧瑟的安静。晴朗的天正在酝酿初冬的寒冷。

一个月后，初三年级迎新联欢会将如期举行。

要求每班出一个节目，小鸢的想法是演课本剧《邹忌讽齐王纳谏》，这个主意得到了 Mr. 朱的支持，也得到了一批爱演人士的极力拥护。

大家纷纷报名争当主角。A4 纸写了大半张，可小鸢似乎不满意，她撅着嘴巴扭着屁股走过来，向我勾手指。

班长找谈话，我自然心花怒放。

"池多，你怎么不报名？"她直截了当。

我故作姿态："角色不合适，本帅哥没兴趣。"

"你是对邹忌没兴趣，还是对齐威王没兴趣？"

"我对古装戏没兴趣。咱们能不能换个现代剧？"

"不行。"小鸢的眉头皱起来，"嘿，你自己不想报名，还阻止莫轩报名？"

我吓一跳："你什么意思？谁阻止莫轩报名了？"

"全班男生就你和莫轩没报名，难道不是互相影响的结果？"小鸢抱着胳膊加强了语气。

这下听明白了。左一个莫轩右一个莫轩，原来课本剧的男主角在她心里早就定好了。

没我事儿最好。甩甩袖子搓搓手回教室去。

可那哥们还真够犟，任凭我怎么动员，就是对课本剧提不起半点儿兴趣。

我和小鸾磨了三天嘴皮子，他依然无动于衷。

排练得尽早开始，可男主角还定不下来，小鸾急坏了。女生们呢，早已炸开了锅，争着抢着演邹忌的妻妾。

"行了我想通了，就受点儿委屈把邹忌的角色顶下来吧。"无奈之下我对小鸾说。

小鸾的眼珠子骨碌碌地转："男一号必须是莫轩！"

"那我呢？"我说。

"你演客人。"

我杵在那儿说不出话。好半天反应过来，追着小鸾好说歹说，求她让我演徐公吧。

"什么？齐国著名的美男子？就你？Mr. 朱说了，他愿意友情客串一个角色，咱们给他点儿面子，徐公的角色还是留给他吧。"

"那不是还有齐威王吗？我演。"

"你不合适。"

"谁合适？"

"化学褚老师。他都快退休了，给他一次耀武扬威的机会吧。"

嗬，我还能说什么？

末了小鸾忧心忡忡地来了句，眼下最重要的是说服莫轩出演邹忌，他要是不答应，咱们都没戏。

我就搞不懂了，为什么男主角非得是他？我几乎气急败坏。

小鸾轻描淡写道："你装傻还是真傻，莫轩的形象气质，全校能找出第二个吗？他往舞台上一站，不用开口就赚足了人气。"

我于是再次低三下四求莫轩。

恰逢周五下午的化学课，褚老师在大屏幕前讲得眉飞色舞，莫轩照例扭着脖子托着腮帮子对着楼下的沥青路发呆。

还在等。

我在草稿纸上写下一句话：求求你答应出演邹忌吧，就算是顾全大局为咱班争光。

想想不对，这句话太没分量，根本不可能打动他。于是写了另一句，推到他眼皮底下：

"老兄，你最好答应出演邹忌，不然我就把你的秘密公布于众。"

满心期待着莫轩的剧烈反应，谁知他瞟一眼那行字，一脸的无动于衷。

我急了，撞一下莫轩的胳膊，压低嗓门："我知道你在等谁。我听 Mr. 朱说了，她已经从北京回来了。一年多没见……你是不是后悔当初那样对待她了？其实你是喜欢她的……"

"胡说什么？"他飞快地转过脸瞪我一眼，"没你事儿。"

还死不承认。

没办法，我和小鸾算是黔驴技穷了。

男一号不接戏的消息传到 Mr. 朱耳朵里，Mr. 朱亲自出马，把莫轩请到办公室喝了半壶茶，事情便有了一百八十度的转变。

莫轩不仅答应出演邹忌,还提出自掏腰包购买服装和道具。

那家伙晃进教室的时候,整个人神采飞扬。我和小鸢不得不怀疑 Mr. 朱的那半壶茶里是不是下了迷魂药。

接下来的工作便是排练。整个过程最认真的除了小鸢,就是莫轩。

对于莫轩的巨大转变,我和小鸢好奇到不行。

四

就像一年多前初见杨杨,眼睁睁着她在人堆里一下挑中莫轩,一样的好奇。

"我的请求就是,做我的长笛好吗?"杨杨注视着莫轩,嘴角微微上扬,眼睛里闪烁着蓝莹莹的柔光,表情真诚得像个小学生。

莫轩大概受宠若惊,滚动着喉结半天张不开嘴,一双大眼睛怯怯地躲闪。

杨杨很认真地介绍:"哦,是这样的。我新写了个曲子,叫作《笛之梦》,想拍成 MV 去参加一个比赛,前期录音已经完成,拍摄的外景内景也都选好了,就差男主角。"

"男主角是一把长笛?"莫轩接过她的话。

"是的,在 MV 里,长笛化身为一个追梦的少年,他有着俊朗洒脱的外表,有着银河一般的眼睛,更有一颗不安的追梦的心。他渴望他的身体能够演奏出绝世美妙的音乐,拂去人们心头的尘埃,开悟人们的心智,光灿整个世界……"

"你在讲童话。"莫轩把头一歪,吁口气,擦着杨杨的肩膀拂袖而去。

那样子酷到了冰窖里。

他的身后腾起一阵火热的唏嘘。

当天，莫轩的拒绝和提前退场虽然给了大家不小的意外，但并没有影响大家享受集体生日的激情。

大伙儿围着新鲜美丽的杨杨，追着打听 MV 的一切细节。每个男生都渴望演她的长笛，每个女生也都幻想自己能够像杨杨一样拥有一支美妙脱俗的长笛，用天籁之音为自己的人生加分。

可是杨杨没有给大家机会。她说，她的 MV 里，那把长笛只能由莫轩来演。

不就是长得高一点帅一点吗？杨杨也太以貌取人了。

那次集体生日 Party 以后，美女杨杨成了我们班的常客。接触多了大家发现，她不仅长笛演奏得了不起，还是打羽毛球的高手。每个星期五下午第三节课，铁定骑着自行车来学校打球。

Mr. 朱兴高采烈地陪练，却总是被她杀得惨不忍睹。

为了帮他多少捞回点儿面子，我们有时候也钻空去跟杨杨比试一番，却输得更惨。

世界上羽毛球打得棒的美女也许很多，但像杨杨这样会演奏长笛的羽毛球能手，应该是极为罕见的。

于是她成了我们班的焦点，成了我们全校的焦点。只要她出现在操场上，哦不，出现在校园里，死气沉沉的校园便有了生机。有她的地方，就有数不清的追随者。欣赏她演奏，欣赏她打球，成了这所学校男生女生最为幸福的事情。

我们给杨杨颁发了客座老师聘书，还给她买礼物。

比较离谱的是莫轩。这个冷血动物对杨杨没有丝毫的感觉，他漠视她的存在，故意逃避她，甚至还有意无意地通过言

语和眼神伤害她。

这是我们不容许的。

最受不了的是那一次。晚自习开始前,杨杨走进我们教室,给我们演奏长笛。

橙色的长裙一直遮到脚尖,黑腰带在腰际打了个漂亮的蝴蝶结,长长的头发打着卷儿披在肩膀上,像一丛蓬松的柳叶。

那是一把银色的长笛,我总是渴望数清楚上面究竟有多少个孔,却一直未能如愿。因为每次想着要数一下的时候,杨杨已经开始了她的演奏,我的心我的情绪被长笛所带出的音乐迷惑,便忘记了一切。

杨杨的演奏有一种独特的气质。笛声悠扬清脆，舒缓却富于变化，使人情不自禁地去幻想，去捕捉，去追寻……

正当大家投入地享受音乐，一个声音突然蹿出来："你无聊不无聊啊？都快上课了！还在这儿闹，闹得人耳根不清净！"

笛声戛然而止。

我们看见莫轩蹿出座位摔门而去。那"砰"的一声震得杨杨花容失色，半天回不过神来。

几天后，Mr.朱传递给我们一个坏消息：校长说了，有人反映杨杨有事没事老来学校，严重干扰正常的教学秩序。

伙伴们大声抗议，Mr.朱压压手掌，一脸的沮丧。

我们的课外辅导员，就这么被硬生生地挡在了校门外。

很快我们听说杨杨找到了新的男主角出演长笛，拍完MV，辞了职带着片子去北京发展了。

五

新年的脚步近了，是雪地靴摩擦雪地的声音，轻轻的，脆脆的，像敲击在心房上的鼓点。

这是初中时光里最后一个迎新联欢。每个人的热情和喜悦呼之欲出。

宽敞的礼堂，炫目的灯光，兴奋的人群，激昂的音乐……这是属于我们自己的时刻，是激情的释放，是青春的纪念，是温暖的共勉。

"准备好了吗？"褚老师和我们一起候场。

"准备好啦！"大家信心满满。

"池多，你要好好演哦。"褚老师拍拍我的肩膀，"你演的这

个客人,亮相时间短,台词也不多,正因为这样,要演得给观众留下印象还真不容易。加油!"

他终于把我的名字叫对了。

完了他又去拍莫轩的肩膀:"莫轩,你是主角,一代相国邹忌,要把他非凡的气度演出来。我对你有信心。"

莫轩却心不在焉,眼神一直往通道口张望,像是在等什么人。

就快上场了,我突然注意到褚老师还没有换装。

"褚老师,您怎么还不扮上? 您可是齐威王啊! 您的服装呢?"我说着四下寻找他的演出服。

一起排练了好几次,都没见他穿过演出服。

"不急,不急。"褚老师说了句吓人的话,"我只是个候补,真正的齐威王马上就到。"

全场怔住。

"Mr. 朱不是一开始就对我说她反串齐威王的吗? 怎么到现在还不来?"莫轩惆怅地来了句,"她不会不来了吧?"

"你说谁啊?"我们追问。

莫轩咬了咬嘴唇,正了一下自己的演出服,不吱声。

看看演出进度,还有两个节目就轮到我们了。

就在大家一头雾水之时,一个身影晃进后台。

她跟在 Mr. 朱身后,长发及腰,笑靥如花,依然那么清新脱俗,亲切明媚,比一年多前更平添了一份成熟温婉的气质。

"快快快,齐威王驾到,赶紧把戏服拿过来!"Mr. 朱兴奋地环视周围。

没等众人反应过来,小鸾抱着戏服穿越人群,几步蹿到杨杨面前,笑成一朵花:"杨杨,我是昨天才知道这个惊喜的。刚刚就在你出现的前一秒钟,我都以为这基本上是天方夜谭,没想到是真的! 不错不错,你还真有女王范儿!"

天呐,怎么会这样!

杨杨却不着急换戏服,而是径直来到莫轩跟前。

"一年多前,你拒绝出演我的长笛,我到现在都深感遗憾。如果今天咱们能够一起来演好这个课本剧,是不是可以弥补这个遗憾呢?"她望着他,美丽的大眼睛闪烁温柔慈爱的光。

周围安静下来。

莫轩笑了,有些腼腆,有些动情,却还在装酷拨弄额前的斜刘海:"好啊,很好。"

明显语无伦次嘛!

"哦,对了,下次还拍 MV 吗? 我做你的长笛。"莫轩忽然犯贱地补充一句。

杨杨张开怀抱,送给莫轩一个大大的拥抱:"不管你演不演 MV,在我心里,你就是我的长笛。"

"哇!"全体惊呼。

"叫什么叫? 她是我姐。"莫轩下巴搁在杨杨肩膀上,从未有过的幸福,"两年前,两个家庭重组,突然冒出个姐姐,当时不懂珍惜……现在……现在她是我亲姐姐啊!"

我们被吓傻了。

"快快快,准备上场!"

不知是谁喊了一句,大家又都忙乱激动起来。

舞台的帷幕徐徐打开,灯光次第开放,缤纷炫目,若昼,若星河,尽是温暖。

生日快乐，眼镜妹

他让我感到无地自容。

"龙妹妹，麻烦把眼镜借给我看一下。"阿杰用笔顶我后背。

我听话地转过身，从鼻梁上摘下眼镜，放到他摊开的英语书上。

阿杰诡秘地笑笑，抓起我的眼镜戴在自己鼻梁上："嗯，不错，只要戴上你的眼镜，Miss章的小蚯蚓全看得出来了。"

他总是说英语老师写的字像小蚯蚓。

"为什么不去配一副呢？不需要多少银子。"我温和地提醒他。

"两个人合着用不也挺好？"阿杰说。

我的面颊有些烫。

阿杰是班长，学校里名声赫赫的数学尖子，长得帅，家境又好，走进走出多少人羡慕啊！

偏偏他坐我后座，每天盯着我的头发梢上课，这让我有一种浅浅的优越感。

"对了龙妹妹，有个问题向你请教。"

"什么啊?"我有些激动。

难得班长大人有问题问我。

"给女生送生日礼物，你说送什么好?"

"谁? 谁过生日?"我慌起来。

"保密。"阿杰坏坏地笑。

"多大的女生?"

"跟你一样。"阿杰说。

我心头一热："钱包，或者钥匙包，卡通的，一定要漂亮和精致，最好是粉紫色的或者是粉蓝色的。"

"我想送吃的。吃的比较合适。"

我脱口而出："巧克力。"

"对呀! 我怎么没想到?"阿杰两眼放光，"你喜欢什么牌子的?"

"随便。"我红了脸转过去。

"开卷咯——"小紫抱着一叠试卷滑进教室，"快看看自己考了多少分，看看这分数对不对得起自己每天在硬板凳上磨9个小时的屁股。"

小紫就是这样，走路说话没有一点女生的矜持，大大咧咧像个男生。

大伙儿赶紧围上去抢自己的试卷。

我有些担心地抬着脖子，估摸着自己的试卷会在哪一堆乱糟糟的人群里。

"嘿龙妹妹,我服了你!"

阿杰突然冲过来,把一张试卷往我课桌上一拍。

我小心地望过去,看清楚是"130"。

"呀!"我惊叫,"满分!我得了满分!"

附近的同学都围过来。

"什么呀?这是阿杰的试卷!"大伙儿嚷嚷。

我抓起试卷,才发现"130"左侧赫然写着阿杰的大名。

我的天!

"你的在这儿,"阿杰抽走"130",把另一张试卷塞到我眼皮底下——区区"101"。

"切——"同学们无趣地散开了。

我尴尬地站在那儿,有些自卑和颓废。

"龙妹妹,据我判断,你的智商没有130,至少要有125,我是说数学考试。你怎么连101都考出来了?你脑子一天到晚在想什么?想不想进重点高中?你这样怎么对得起自己?怎么对得起你的爸爸妈妈?"

阿杰没完没了地啰嗦,仿佛居委会老大妈。

他让我感到无地自容。

"我想说你很久了,除了数学,你其他功课不都挺好吗?为什么就这门课拖后腿?你找过原因吗?你想过要赶上去吗?"

"哟呵,班长你今天怎么啦?看上去像是晚饭吃得太饱哦。"小紫走过来插话,"龙婷考多少分,你紧张什么?"

"喔——"周围起哄。

"我只是善意地提醒她。身为一班之长,这是我的职责。"阿杰抬起下巴说。

"那你为什么不来提醒提醒我啊?"小紫扬起眉毛。

我的面颊滚烫:"都不要说啦!"

阿杰甩甩手坐到自己位置上。

"好了大家都坐好,晚自习开始啦!"小紫吆喝道。

今天她是值日班长,威风得很。

我缩着脖子不说话,面对着鲜红的"101",心情无法平静。

阿杰说得对,数学是我的跛子科,要是这门课拖后腿,上重点高中的希望就不大了。

可是,一做到数学题目,我就觉得自己的智商好低啊。阿杰说的"125",实在是离我有些遥远。

我转过去问阿杰要回自己的眼镜。

阿杰看着我说:"刚刚对不起哦,其实我只是希望你考得好一些,没别的意思。"

我抿抿嘴巴不说话。

我知道阿杰看我考得不好而生气,说明他在乎我的分数,在乎我的分数也就是在乎我,被他在乎着,我应该感到幸福才对。

这么想着,我命令自己对待数学再认真一些。

星期五午饭过后,一大帮同学围在阳台走廊里有说有笑。

我从那儿经过的时候,小紫一把逮住我:"喂,龙婷,阿杰有没有请你?"

"有没有啊?"大家都问。

我一头雾水:"请我做什么? 什么事情啊?"

"这么说他没请你?"小紫为我打抱不平,"他怎么可以这样,过生日请了我们七八十个人,居然不请你? 太过分了。"

"他哪天过生日?"我问。

属于我的秘密

"明天。"

"明天?"我叫起来,"你是说,他明天过生日?"

"是啊。"

我晃晃脑袋:"明天本小姐会很忙。就算他请我,我也没时间参加。"

呵呵,我说的一半是实话,一半是假话。

同窗三年,我都不知道阿杰跟我是同一天生日,天呐,我们居然同一天生日!

我揣着这样的秘密一个人趴在栏杆上美美地发呆。

远远地,阿杰朝我走来。

我做好了被他邀请的准备,提醒自己一定要毫不犹豫地答应参加他的生日会,哪怕忘掉自己明天也是个小寿星。

可是他潇洒地抬着头,擦着我的肩膀过去了,仿佛无视我的存在。

我可怜的自尊心有点受伤害,我告诉自己就算他回过头来请我,也一定要毫不迟疑地拒绝。

一直等到下午放学,大家坐上了校车,阿杰都没有请我。

我坐在窗口托着腮帮子想心事,小紫靠过来:"龙婷,给个建议,明天我参加阿杰的生日会,送他什么好呢?"

"不知道。"我说。

"阿杰爱打篮球,大家商量过了,一起凑份子送他一双詹姆斯篮球鞋,限量版的。可是我觉得,我还应该单独送个礼物给他,你说呢?"

"拍班长马屁?"我开她玩笑,"要不要送你的美女照给他呀?"

"你混蛋——"小紫伸手挠我痒痒。

我们疯作一团。

"干什么?"这个声音粗粗的有些吓人。

是阿杰。

"这是校车,是公共场合。"

他铁着脸的样子有些滑稽。

小紫伸伸舌头看窗外:"呀!停车!停车!"

这家伙居然为替阿杰准备礼物的事情昏了头,连车都坐过头了。

小紫下车后,阿杰坐到我身旁,我有些不自在。

"龙妹妹,明天你能来吧?"阿杰看着前面问我。

"明天?哦……"

"我生日呀,我记得我上午跟大伙儿说过了,你当时不在吗?"

"在在在,"我连连点头,"我明天一定去。"

"那就好。"

下了车我有些小小的兴奋,也有些小小的气愤,对自己还有些小小的讨厌。

说好了不答应他的,怎么眉头都没皱一下就拼命点头呢?

晚上全家商量明天为我过生日的事,我强烈建议今年过农历生日,他们拗不过我。

第二天阳光很好,我的心情也很好,穿上自己最喜欢的衣服,换上干净漂亮的白皮靴,高高兴兴出门去。

开门的是小紫。

"喔——"她见我就尖叫,"阿杰不是没请你吗?你不是说请了都没时间来吗?"

我有些尴尬地示意她闭嘴。

属于我的秘密

阿杰对我笑笑,招呼我吃水果。

同学们都来了,场面非常热闹,每个人都异常兴奋,把阿杰家偌大的客厅搞得乱七八糟。

茶几上摆着很多礼物盒子,其中最夺目的要数那个金色的只有笔袋那么大的小盒子了。

"这是谁送的?"小紫好奇得不行,举着金色的小盒子到处问。

"别动。"阿杰走过来把盒子夺过去,"这是我送人的生日礼物。"

"搞错没有,今天你是寿星。"小紫叉着腰说。

阿杰一本正经地说:"今天还有一位寿星。"

我心跳加速。

"谁呀?"大家都很好奇。

"这是秘密。"阿杰晃晃下巴。

"吃蛋糕咯——"

杰爸爸拖着长音推出一个插了一对蜡烛的双层生日蛋糕。

杰妈妈搂住阿杰的肩膀,无限爱怜地吻他的额头:"生日快乐。"

"生日快乐!"我们狂呼。

"其实,今天还是一位和我同龄的女孩子的生日。这份双层蛋糕是为我和她一起准备的,我祝愿她生日快乐!"阿杰对大家说。

我的心跳得飞快。

"祝你生日快乐……"大家一起唱起了生日歌。

在荧荧烛光中,我看见阿杰对我笑,对每一个人笑。尽管他没有对大家明说今天也是我龙婷的生日，但他能想到我，我已经十分感动了。

我把自己的眼镜摘下来递给他："送给你。"

他说："不用。老样子，咱俩合着用。"

我傻傻地笑。

能和他一起过生日，我感到很幸福。

可是，他忘了给我礼物，就是那个金色的小盒子，我知道那里面装着漂亮的巧克力。

男孩子就是这样粗心。不过我不会介意，说不定他哪天看到那个没送出去的礼物，就会马上拿来送给我。

我沉醉在喜滋滋的期待里。

接下来的日子，我像是一匹吃了夜草的马，浑身充满力量，尤其是对待数学，多了一股不服输的劲儿。

我相信阿杰说得对，考125分绝对没问题。

功夫不负有心人，期中考试的时候，我的数学成绩只比阿杰低了3分。

这样的进步足以使每个人对我刮目相看。

阿杰却敲敲我的课桌，半开玩笑半认真地说："有本事和我打平手。"

我咬咬嘴唇："你等着——"

正当我拼命往前赶的时候，阿杰突然请假了。

"初三还请假，他要死啊！"小紫着急地说。

"他没事，一个小手术而已。"我拧她的胳膊，"以后说话注意点儿。"

阿杰得的是急性阑尾炎，做完手术就回家休息了。

我跟大家一起去看他，他忙着打听每一个人的学习情况，

属于我的秘密

尤其关心我的数学。

我掏出我们刚刚考过的试卷给他做,结果他比我少 3 分。

我以胜利者的姿态对他说:"好好休息,我等着你和我打平手。"

他急得"吭吭"地咳。

没过几天他就来上课了。这种精神让我们振奋。

我们以前所未有的冲劲儿向中考冲刺……

天热起来了,你追我赶的日子终于告一段落,所有的节奏都慢下来。

我和阿杰并肩走在校园里,互相祝贺,说着祝福的话,做着憧憬重点高中的梦。

"谢谢你哦,是你给了我信心和动力。"我由衷地感谢阿杰。

阿杰微微一笑:"你知道我为什么喜欢和你合用一副眼镜?"

我的心乱起来:"为什么?"

他没有说。

我终于忍不住提醒:"那份金色的礼物,再不给我的话,就要融化咯。"

谁知阿杰耸耸肩膀:"什么金色的礼物? 什么融化?"

"巧克力啊。"我笑了,"对了,你是怎么知道那天也是我的生日的?"

阿杰愣一下,抓抓头发:"那天是你生日吗? 我不知道啊。"

"那你为什么……"

等了好一会儿,他说:"那天是我和我的双胞胎妹妹共同的生日。她4岁那年生病走了,我们全家都很心痛……我每年过生日都会要双层蛋糕,在蛋糕上插两支蜡烛,还给她准备礼物……"

我被震撼,然后默默地离开。

"龙妹妹!我一直把你当妹妹!"阿杰在我身后喊,"明年的生日,我们三个一起过,好吗?"

我的眼眶潮湿了。

我觉得自己很傻,也很幸福。

世界上最体面的拖把池

市长先生要来！

"新年就快到了，教学楼后面的体育馆也盖好了，后天下午，市长先生要来我们学校，给同学们送新年祝福，顺便看看我们新落成的体育馆。所以，等会儿上完第二节课，就没有课了，我们要做一次彻彻底底的大扫除。"午饭过后，方老师对同学们这么说。

市长先生要来！这真是个振奋人心的消息。

大家纷纷猜想市长先生会不会走进六（2）班，会不会跟每个人握手，会不会发表一番热情洋溢的讲话，会不会带点儿新年的小礼物……

大扫除开始了，擦窗、拖地、收拾花坛、扫场地、倒垃圾……都有人自告奋勇，唯独拖把池没人愿意接手。教学楼底楼西侧树荫下的那个拖把池,是全校使用频率最高的拖把池,也是最邋遢最难收拾的拖把池。

赵可可勇敢地站出来说:"拖把池交给我,我会把它收拾干净的!"

"那好!你要负责到底,直到市长先生离开我们学校。"劳动委员一本正经地吩咐。

好朋友木子赶紧劝赵可可:"拖把池那么脏,还是交给男生吧,咱们去擦玻璃。"

赵可可很认真地回答:"交给男生我不放心。后天市长先生要来,一定不能因为一个不干净的拖把池影响市长先生对学校的印象,一定要让他看到一个干干净净、锃亮锃亮的拖把池。"

赵可可去食堂讨来洗洁精,先用刷子蘸了洗洁精使劲儿擦洗拖把池的内壁,然后反反复复用水清洗。可拖把池上面的黄色污垢顽固得很,就是去不掉。赵可可想去找清洁剂,刚转身,却见一个男生扛着拖把过来,把拖把头猛地甩进拖把池,拧开水哗啦哗啦冲洗⋯⋯池底积淀下一层黑乎乎的泥浆。赵可可只好重新拿起刷子⋯⋯可是马上又来了一个洗拖把的⋯⋯

放学铃声响了,同学们都背着书包回家了,赵可可也背上了书包,却不回家,而是朝着那个她必须"负责到底"的拖把池走去。咳,池底又积了一层细细的泥浆⋯⋯赵可可放下书包,不怕寒冷,不怕麻烦,仔仔细细把拖把池洗刷一遍。确定天黑前没有人会来使用这个拖把池了,她才重新背起书包,一步三回头地离开拖把池。

虽然那只是一个小小的、只有课桌那么大的拖把池,而且

躲在角落里,在整个校园里很不起眼,但是赵可可觉得,市长先生一定会看到这个拖把池的。

回到家里,赵可可做的第一件事情就是从卫生间找来清洁剂。她要用它来对付拖把池壁上那些黄色的顽垢。

吃晚饭的时候,妈妈问赵可可:"你今天怎么回来得这么晚?"

赵可可急急忙忙扒饭,含糊不清地说:"我明天会回来得更晚。"

"为什么?"妈妈感到奇怪,"老师要留你写作业吗?"

赵可可放下筷子,抹抹嘴唇:"是我自己想留下来做事情。对了妈妈,要是你很快就要见到自己崇拜的人了,会不会很激动呢?"

"崇拜的人?"妈妈兴奋起来,像个孩子似的嚷嚷,"你崇拜的人是英国女作家J. K. 罗琳,怎么? 罗琳要到中国来? 到我们港城来? 你想找她签名? 我也要去!"

"咳,你太啰嗦了。"赵可可晃晃肩膀,想了想,得意地说,"我崇拜的人很多,我现在说的呢,不是写《哈利·波特》的罗琳,而是一个更了不起的人物。这个人,我们经常在电视里看见,他为了使我们的城市更漂亮、我们的生活更美好而成天忙碌,非常辛苦。呵呵,我们马上就要见面了……"

妈妈愣在那儿寻思着这个人是谁,赵可可已经溜进了自己房间。她没有耐心再跟妈妈谈论什么,她要好好回味一下这个好消息所带来的幸福感……

第二天早上,天又阴又冷,还下起了雨,赵可可背着书包撑着伞往学校走。她的伞很漂亮,是淡淡的紫色,伞面散落着蓝色的薰衣草和橙色的蝴蝶,伞沿是一圈柔软的白色花边,仿佛一条靓丽的喇叭裙。走路的人，骑车的人，坐公车的人，都忍不住往赵可可身上瞧。透过密密的雨丝，大家看到了一个特别的女孩子。她穿着长长的及膝皮靴，戴着长长的几乎要拢到胳肢窝的黄色塑胶手套，一手握着靴子一样夸张的伞柄，一手握住一大瓶清洁剂，昂首挺胸往前走。她的下巴使劲儿往上抬，目光坚定，脚步轻盈有力。"哈哈，你们一定不知道，我带着一瓶清洁剂上学，是为了清洗一个重要的拖把池，因为市长先生要去我们学校，我的任务是负责把拖把池清洗得洁净如新……"这么想着，赵可可觉得自己非常重要。

说来也怪，拖把池经过雨水的洗刷，非但没有变干净，反而浑身沾满了泥水。赵可可请木子帮忙打伞，自己忙着用清洁剂擦洗拖把池，要把那些黄色的污垢全部消灭。

"可可，市长先生明天才来，你现在把拖把池洗得这么干净，是不是太早了？等会儿有人来洗拖把，又得弄脏。你还是明天再洗吧。"木子似乎很理智，"我们必须知道市长先生明天什么时候来，如果是上午呢，你就早上洗；要是下午呢，你就中午洗。反正只要在他来之前洗一下就好了。"

"你那叫临时抱佛脚。"可可嘿咻嘿咻地使劲儿刷着池底，"老师不是说了吗，事情要做在前头，做在前头不吃苦头。我现在把它彻彻底底清洗干净了，明天就只要简单刷一刷就行了。不管市长先生是上午来还是下午来，都没问题。"

木子的嘴巴翘起来："你太辛苦了。市长先生可不会在意一个小小的拖把池。"

"如果他在意呢？"赵可可理直气壮地说，"做好准备总归是对的。"

"就算市长先生看到了这个很干净很干净的拖把池，他也

不知道是你清洗的。你何必这么认真呀？"

"是谁清洗的并不重要，重要的是这个拖把池干净不干净。"赵可可说，"这关系到咱们学校的形象，关系到市长先生对咱们学校的印象，关系到咱们学校每个人的素质……"

木子点点头："也对，你忙吧。我得去看看我的窗玻璃是不是还得再擦擦……"

整个上午，赵可可都没闲着，只要一下课，她就去看她的拖把池有没有被弄脏。结果还好，好像一上午都没人用过拖把池。可是中午情况就糟了，不仅有同学去洗拖把，洗完拖把不清洗拖把池，还有人把美术课上用剩下的颜料倒进拖把池，溅得拖把池里里外外五颜六色。赵可可忙坏了……左思右想，她写了一张纸条，挂在拖把池上方的树枝上：市长先生明天要来，让我们的拖把池干干净净地迎接市长先生，好吗？

谁知这个方法一点儿都不管用。一些调皮的男生不仅更加放肆地糟蹋拖把池，还在赵可可的纸条上胡乱涂鸦，好像故意跟赵可可过不去。

赵可可头大了，一下课就站在拖把池边上看着，连上厕所都没时间。木子看见了，走过来把赵可可写的那张纸条拿下来，换上了另一张纸条，上面写的是：龙头已坏，擅自使用，小心赔偿。

"你这是欺骗。"赵可可对木子很有意见，"拖把池放在这里，就是为了供大家洗拖把，如果这幢楼的同学没地方洗拖把，教室地面就拖不干净了，到时候市长先生看见地面脏兮兮的，多不好哇。所以，这个拖把池得让大家用。"

木子不以为然："他们可以去别的拖把池洗拖把，不会耽误拖地的。"

赵可可不容分说取下那张纸条,郑重其事地对木子说:
"你管好你的窗玻璃就好了,别来管我的拖把池。我守在这儿
就没事了。"

木子叹口气走开。

放学后,赵可可照例最后一个离开学校。只有最后一个
走,她的拖把池才能绝对保持干净。

晚上,妈妈走进赵可可的房间:"你就要和你崇拜的人见
面了,是不是非常高兴?"

赵可可眯起眼睛笑:"那当然。"

"是谁呀?"妈妈非常好奇。

"保密。"赵可可快活地说,"暂时保密。"

期待的日子终于到了。虽然没有出太阳,但总算没有下
雨。一夜之间,校园来了个大变样。大红的欢迎横幅拉起来
了,数不清的彩旗沿着校园中心大道插得齐齐整整,楼道的角
角落落摆满大大小小的绿色盆景,鼓号队盛装迎候在校门口,
西装笔挺的校长不顾寒冷伸长脖子朝校门外张望……

赵可可径直来到树荫下的拖把池边,又把拖把池清洗了
一遍,才恋恋不舍地去教室。

"看样子,市长先生是上午来。"木子对赵可可说,"马上就
要来了。"

"这时候不会有人去用拖把池吧?"赵可可的心怦怦跳。

"不会。"木子说,"你放心吧。"

赵可可很激动。她告诉自己,等会儿见到市长先生,一定
要大大方方地站起来问好,要不卑不亢地展示当代小学生的
风采……

第一节课过去了,鼓号队没有动静;大课间活动过去了,

属于我的秘密

依然没有听到鼓乐声;第二节课一上课,方老师走进来对大家说,市长先生临时有事走不开,今天不来了,改天来。

教室里一片失望的叹息声。

"改天是哪天?"

"是不是不会来了?"

"市长本来就特别忙,每天工作排得满满的,还得处理突发事件,哪有时间跑学校?"

"……"

赵可可的脑袋耷拉下来,眼皮耷拉下来,就连本来被喜悦和激动撑得鼓鼓囊囊的心也耷拉下来……

那个被赵可可像宝贝一样擦洗了无数遍的拖把池,白得像一张没有血色的脸,默默地注视着周围的一切。它似乎从来没有像这一刻这么干净过,它应该是世界上最体面的拖把池了。然而,也许它注定是要被忽略的。除了赵可可,谁也不会正眼去看它。

可这有什么关系呢? 不管市长先生要不要来,拖把池就应该这么干净,这么体面,而且,要一直这么干净,一直这么体面。赵可可走近它,突然发现它是多么漂亮、多么可爱、多么值得人去尊重和爱护。她又一次拧开龙头,在流水"哗哗"欢快的歌声里,内心重又蓬勃起喜悦和激动。